Der große Coup

Josi Joe

Der große Coup

Der Autor freut sich über Leserzuschriften unter:
autor@josijoe.ch

Bibliografische Information der Deutschen Nationalbibliothek:
Die Deutsche Nationalbibliothek verzeichnet diese Publikation in
der Deutschen Nationalbibliografie; detaillierte bibliografische Daten
sind im Internet über http://dnb.d-nb.de abrufbar.

© 2014 Josi Joe
Satz, Umschlaggestaltung, Herstellung und Verlag:
BoD – Books on Demand
ISBN: 978-3-7357-0256-2

Inhalt

Beteiligte Personen	9
Heißer Deal bei geschmolzenem Käse	11
Carlo Berger und sein Unglück	16
Die neue Geschäftsidee	21
B wie Carlo Berger, F wie Bänz Friedli	24
b&f Consulting and Finance	26
Kleider machen Leute	29
Der Weg des schwarzen Geldes	31
Chefsekretärin Olivia und ihre Gehaltserhöhungen	34
Glücklich im neuen Penthouse	36
Eroberung am Oktoberfest	38
Probleme an allen Fronten	42
Ein Anruf und ein Geschenk aus Belgrad	45
Steueroptimierung mit Kommafehler	49

Geheimnisvolles Essen	51
Drago Taliveskis Autounfall	55
Lange Krankheit und kurze Trauer	57
Die Wiedergeburt	59
»Mein Name ist Gantenbein, Dr. Gantenbein«	62
Die AIG und ihre Vertriebspartner	65
Viel Geld macht glücklich	67
Ein interessantes Angebot	68
Das Offshoreschachspiel	70
Der Ferrarifahrer und seine heimliche Affäre	72
Die schöne Julia Weiß	73
Die falschen Fonds	75
Einfach verdampft	77
Lustige Zeiten auf den Bermudas	78
Ein unlustiges Ende	79
Der Abschiedsbrief	81
Auge um Auge, Zahn um Zahn	83
Verhängnisvolle Verbindungen	84
Verkaufen und verschwinden	88

Das Ende der Kunstgalerie	90
Neuer Wohnort, alte Liebe	92
Amüsement im Tanzsaal	97
Unglück im Spiel, Pech in der Liebe	99
Olivia, die Erlöserin	102
Eine Spende für den Himmel	105
Zwei Jahre später …	107

Beteiligte Personen

Carlo Berger, Treuhänder und Inhaber von b&f
Bänz Friedli, ebenfalls Treuhänder und Mitinhaber von b&f
Olivia, die multitalentierte Chefsekretärin von b&f
Herr Geeser, Käufer der Firma b&f
Evelyne, Tochter von Bänz Friedli
Gaston, Sohn von Bänz Friedli
Erwin Voegeli, Banker der Shark Capital Ltd.
Bettina, Carlos Expartnerin
Elsa Karnevale, Carlos neue Lebenspartnerin
Drago Taliveski, ein Kunde aus Belgrad
Mirko Tadic, ein Kunde aus Zypern
David Polanski, Graue Eminenz
Zoran und Tarek, Bodyguards
Dr. Gantenbein, ein Hochstapler
Günther Weiß, ein Vertriebspartner
Julia Weiß, dessen attraktive Ehefrau

Heißer Deal bei geschmolzenem Käse

»Hey Carlo, was tust du denn hier?«, fragte Bänz den Herrn, der ihm in einem dunklen Schlapphut, einem graugestreiften Anzug aus einem billigen Warenhaus und Gesundheitsschuhen entgegenkam.

»Das Gleiche wie du«, antwortete Carlo. »Ich bin auf dem Weg nach Hause. Aber wenn ich dich da so stehen sehe, ist wohl ein Abstecher angesagt.«

Es war ein trüber Herbsttag, der Wind blies durch die engen Gassen der Stadt Zürich. Rund um den Bahnhof herrschte nervöse Hektik. Mit strengen Gesichtern eilten die Menschen die Bahnhofstraße rauf und runter und verflüchtigten sich dann in den Warenhäusern oder im Schlund der großen Bahnhofshalle.

Viele schwarzgekleidete Herren schritten wichtig in ihren eleganten Designeranzügen einher. In ihren ausdruckslosen Augen spiegelte sich noch das Chart des DAX oder des SMI. Eilig schwangen sie ihre schwarzen Köfferchen, als müssten sie noch an einer Abendkonferenz teilnehmen. Ihre »Abendkonferenz« bestand aber, wie dies bei den Bankern der Zürcher Bahnhofstraße damals so üblich war, aus ausgiebigem Essen in einem feudalen In-Lokal und anschließendem Besäufnis in Bars und Nachtclubs. Auf Geschäftskosten, versteht sich. Einige der Schwarzgekleideten trugen schwarze runde Käppis, lange Bärte und eigenartige Zöpfe neben den Ohren. Das gehörte zum Stadtbild, keiner störte sich daran.

Auch elegant gekleidete Ladys stolzierten herum. Sie trugen keine Aktentaschen, sondern auffällige Einkaufstüten der teuersten Geschäfte, und nicht selten hatten sie auch ein Hündchen an der Leine. Einige dieser Hündchen waren so klein, dass sie von ihrem Frauchen getragen werden mussten. Schatzi, Bussi, Küsschen, Küsschen – und schon leckte das liebe Hündchen am Lippenstift von Frauchens Mündchen.

Im Park daneben, vor einem großen Warenhaus und unter dem strengen Blick der Statue von Heinrich Pestalozzi, balgten sich einige Randständige um ein paar Zigaretten, ein bisschen Gras, eine Spritze oder weißes Pulver, während unweit davon Mitglieder der Heilsarmee fromme Lieder sangen: »Oh Jesulein, wir sind alles arme Sünderlein. Komm, mach unsere Seele rein, damit dein Blut in unsere Herzen fließe.« Wenige Meter entfernt interpretierte man den Gesang der frommen Frauen und Männer ganz anders: »Oh liebe Dealerlein, wir sind alles kleine Sünderlein. Komm, gib uns Heroin, Opium oder Crack, das lüftet unsere Seele rein. Gib uns Stoff in allen Formen, auch wir gehören zu den Frommen.

Im Himmel wird man unsere Euphorie hören, die Passanten wird das gar nicht stören.«

Inzwischen klimperten die Sänger der Heilsarmee mit ihren Büchsen von Passant zu Passant und sammelten Geld für die armen Kinder in Afrika. So war das in der kleinen Schweizer Großstadt, Geldsammler und Drogenhändler lebten friedlich nebeneinander.

Müde von der monotonen Arbeit in der Bank drehten sich Carlo Berger und Bänz Friedli rund um die eigene Achse.

»Wollen wir in die vornehme Hummerbar?«, fragte Carlo den Bänz.

»Gehen wir nicht lieber in den Schweizerhof?«, antwortete Friedli.

Während dieses Dialogs standen sie direkt vor dem Restaurant Walliser Kanne, ganz in der Nähe des Bahnhofplatzes. Eine Drehung um neunzig Grad, und schon waren sie drinnen.

Eigentlich waren Carlo und Bänz Konkurrenten; sie arbeiteten bei verschiedenen Großbanken. Aber nach Feierabend spielte das keine Rolle mehr, jeder sprach mit jedem über alles, das Bankgeheimnis galt nicht einmal unter den kleinen Angestellten aus dem Backoffice etwas. Und solange kein Steuerfahnder mit spitzen Ohren herumschlich, kümmerte das niemanden.

Die Spezialität in der Walliser Kanne waren Fondue und Raclette. Fondue wurde aus Käse mit großen Löchern gemacht (nicht zu vergleichen mit dem Schweizerischen Bankkundengeheimnis, das fast nur aus Löchern bestand). Der Käse wurde geschmolzen und mit Weißwein und einigen geheimen Zutaten verdünnt, und so entstand ein dickflüssiges, betonartiges gelbes Gemisch, das man mit kleinen Brotstücken und einer langen Spezialgabel möglichst unfallfrei in den Mund führen konnte. So mancher Ungeübte hatte sich daran schon derart den Mund verbrannt, dass er gläserweise Weißwein nachtrinken musste.

Die Holzverkleidung des Restaurants und der Käsegeruch versetzte Carlo und Bänz in die Atmosphäre einer Alphütte auf dem Matterhorn oder an der Eigernordwand. Für Ausländer musste der heiße Käse wie die verschwitzten Füße einer Kompagnie Soldaten riechen.

Während sich ihre Fonduegabeln mit Brot drauf im Käsebad drehten, drehte sich ihre Diskussion um die aktuelle Bankensituation, insbesondere um die Weißgeldstrategie und wie man diese umgehen könnte. Das Gespräch endete mit der Kritik an der Inkompetenz ihrer narzisstischen Vorgesetzten. Die zwei knapp über fünfzigjährigen Hinterbänkler fanden heraus, dass sie beide mit ihrer beruflichen Situation unzufrieden waren. Sie fühlten sich in ihrer Bank auf dem Abstellgleis festgefahren.

»Man sollte halt eben selber eine Bank gründen«, meinte Carlo, »dann käme alles besser.«

»Und mit der Kohle würde es dann auch stimmen«, ergänzte Bänz.

So weit das Fazit der beiden Banker. Mehr Schlaues kam nicht an die Oberfläche. Anschließend vergnügte man sich noch ein bisschen im Nightclub La Terrasse, wo eine Flasche Champagner lediglich 300 Franken kostete. Natürlich waren in diesem Preis je zehn Minuten »Chambre séparée« inbegriffen.

Carlo Berger und sein Unglück

Carlos Ausstrahlung war nicht enorm, seine Warenhauskleidung war immer grau und unmodisch, aber er konnte gut mit Leuten umgehen. Wie ein Banker sah er nicht aus, eher wie ein Versicherungsberater. In jungen Jahren war er Stammgast in einem Casino gewesen und spielsüchtig geworden. Er hatte sich in vielen handwerklichen Berufen versucht, aber nichts war nachhaltig gewesen. Dann war er als Berater in die Modebranche gewechselt. Dort hatte man ihm aber bald klarmachen müssen, dass er mit seiner leichten Farbenblindheit bei den Kunden nicht so toll ankomme, weil Hemd und Krawatte selten zum neu erstandenen Anzug passen wollten.

Schließlich war er bei seiner Großbank gelandet, nach dem Motto: »Findest du nicht deinen Rank, versuch es doch bei einer Bank.« Das war damals ohne besondere Vorkenntnisse oder Ausbildung möglich gewesen. Jeder war bei den Banken im Backoffice willkommen gewesen, Kompetenzen hin oder her. Am besten hatten sich noch die ehemaligen Sicherheitswächter geeignet, die hatten wenigstens die Stechuhr lesen und bedienen können. Dann waren gescheiterte Maggisuppenverkäufer gekommen und Leute, die einen Put im Bankgeschäft nicht von einem Put auf dem Golfplatz unterscheiden konnten. Aber für das Archiv und interne Botengänge hatte es allemal gereicht.

So hatte Carlos Bankkariere begonnen. Vom Backoffice-Mitarbeiter war er zum Kundenberater aufgestiegen und nach einigen Jahren Prokurist für schwere Fälle aus Süd- und Osteuropa geworden. Diese durfte er betreuen, weil sein Chef es so wollte. Kundengespräche endeten meistens abends im Puff oder in einem schicken Nachtlokal und mit einer halben Alkoholvergiftung. Carlo freute sich jeweils schon Tage im Voraus auf diese »Besprechungen«. Das ausschweifende Nachtleben und die Fress- und Sauforgien hatten den Knaben allerdings gezeichnet: Er brachte bei einer Größe von 1,70 Meter über 115 Kilogramm auf die Waage.

Nun aber, es war um die Jahrtausendwende, war Carlo Berger unglücklich. Er lag in seiner Wohnung, in seinem schicken Fernsehsessel, der eben vom Möbelhändler angeliefert worden war. Jetzt erst merkte er, dass das dunkelgraue Modell besser zum Wohnzimmerteppich gepasst hätte als das lindgrüne. Die Farbe passte auch überhaupt nicht zu seiner hölzernen Wohnwand und zu dem an die Wand genagelten kleinen Perserteppich. Aber bequem war der Sessel, das musste er zugeben. Man konnte das Fußteil und die Rückenlehne elektronisch verstellen, und der Sessel schien Bergers Schwergewicht problemlos auszuhalten.

Seit einigen Jahren wohnte Carlo im Zürcher Kreis vier an der Anwandstraße. Seine Wohnung lag im dritten Stock eines Hauses aus den Fünfzigerjahren ohne Lift. Der seitliche Eingang war unscheinbar und führte in einen dunklen Hauseingang, der meistens mit Fahrrädern der Jungspunde überstellt war. Vor jeder Wohnungstüre lagerten Abfallsäcke und einige Paar übelriechende Schuhe. Unten im Haus befanden sich eine kleine Bar und eine Bäckerei. Der Duft von frischem Brot, der aus der Bäckerei emporstieg, gefiel Berger. Was ihm weniger gefiel, war der Lärm der grölenden Krawallbrüder nach Mitternacht und der aufsteigende Rauch der Süchtigen, die vor der Bar herumstrolchten.

Aber weshalb war Carlo Berger denn so unglücklich?

Als er ein paar Tage zuvor abends nach Hause gekommen war, war er einem Möbelwagen aus dem Appenzell begegnet. Er hatte sich nichts dabei gedacht – bis er die Tür zu seiner Wohnung aufgeschlossen und festgestellt hatte, dass darin einiges an Mobiliar fehlte. Auf dem noch übriggelassenen Tisch lag ein offenes Couvert. Schnell hatte Carlo den Brief, der darin steckte, herausgerissen, und verstört las er die handgeschriebenen Zeilen:

»Lieber Carlo. Aus die Maus, fertig mit der Käfighaltung! Ich fühle mich bei dir eingeengt. Nur als Lustobjekt herzuhalten, wenn du alkoholmäßig hochpromillig und fast impotent drauf bist, ist nicht mein Ding. Ich ziehe per sofort bei Hannes ein (ja, dein bester Freund). Er liebt mich richtig, hat er gesagt. Mach's gut. Bettina.«

Fassungslos starrte Carlo in seinem fast leeren Zimmer umher. Bettina hatte großzügig abgeräumt. Auch die Chipspackung war fast leer. Carlo schossen die Tränen in die Augen. Er fühlte sich als Totalversager auf allen Ebenen.

Warum hat mich nun innert drei Jahren schon die dritte Partnerin verlassen, einfach so?, fragte er sich. Warum bin ich in meiner Bank nicht schon längst Oberprokurist oder Vizedirektor geworden? Die haben mich einfach als Oldtimer in den Hangar auf ein Stumpengleis gefahren.

Laute Volksmusik untermalte Carlos Selbstmitleidgedöns. Müde schlurfte er in seinen dunkelbraunen Birkenstock-Sandalen zum Kühlschrank, holte eine kalte Flasche Weißwein heraus, entkorkte sie und steuerte dann, mit einer zweiten Packung Paprikachips unter dem Arm, wieder seinen neuen Lehnstuhl an. In bequemer Stellung, Füße erhöht, schaute er neben dem Fernseher vorbei durchs Fenster an die nächste Häuserfront.

Ja, alles in seinem Leben lief schief. Und je länger der Abend dauerte, umso düsterer sah alles aus. Zu später Stunde, als er sich eingeredet hatte, dass er Bettina sowieso bald selber verlassen hätte, plagte ihn dann vor allem ein anderes, weitaus gravierenderes Problem.

Warum soll ich eigentlich noch länger in dem trostlosen Großraumbüro dieser Bank eingepfercht arbeiten?, fragte er sich. Wenn man Kaninchen so halten würde, wie man uns unterwürfige Papierfresser, verbissene Zahlenjongleure und Sesselpupser dort hält, stünde längst der Tierschutz mit Wärmebildkameras am Eingangstor. Oder wenigstens mit einem Transparent mit der Aufschrift: »Wir wollen mehr Auslauf für die Insassen und mindestens tiergerechte Haltung für diese armen Kreaturen.«

Lieber hätte sich Carlo an diesem Abend eine Flasche Château Pétrus Bordeaux genehmigt, als mit billigem Wein sein unglückseliges Schicksal zu begießen. Aber im Kühlschrank war nur noch Weißwein zu finden. So ging er bald der nächsten Flasche an den Kragen, und bevor auch die sich dem Ende zuneigte, prostete er sich selber zu: »Carlo, du musst etwas ändern in deinem Leben. Du bist zu Höherem geboren, jawohl!«

Die neue Geschäftsidee

Dass Carlo vom Kassierer zum Prokuristen befördert worden war, war für ihn ein Aufsteller gewesen. Nun hatte er ein eigenes Spesenkonto, mehr Gehalt gab es aber nicht. Unter Anleitung eines Oberprokuristen durfte Carlo die Konten einiger Wladimirs, Postics, Grünkohls und Gantenbeins betreuen. Das heißt, er durfte die Buchungen, die allesamt aus Deutschland und dem Osten Europas getätigt wurden, selbständig erledigen. Dabei erlangte er gute Einsicht in die Kontobewegungen seiner Klienten.

Carlos Freund, Bänz Friedli, war ebenfalls Prokurist bei einer Konkurrenzbank, aber man hatte auch ihn auf ein Abstellgleis gesteuert. Bänz hatte es mit einem ähnlich illustren Kundenkreis zu tun. Und auch er fühlte eine Unruhe in sich und wollte mehr vom Leben, als sich mit dem Geld fremder Leute herumzuschlagen.

Nach einigen weiteren Fondueschlemmereien in der gemütlichen Walliser Kanne waren sich die beiden einig: Ein ganz großer Deal sollte entstehen. Und schon begannen sie mit den Vorbereitungen dazu. Unter dem Codenamen »b&f« recherchierten sie in ihren jeweiligen Kundendatenbanken unter dem internen Vermerk »Exit«. »Exit« bedeutete, dass die Bank dem Kunden demnächst einen Check geben und anschließend sein Depot saldieren würde, weil die Herkunft des Geldes nicht nachgewiesen werden konnte. So weit die Weißgeldstrategie der »seriösen« Schweizer Banken betreffend jener Kunden, die ihnen zu heiß geworden waren und die sie gerne an externe Finanzinstitute beziehungsweise Vermögensverwalter abgaben; Verwalter, die nicht im Fokus der Bankenaufsicht oder der Politik standen und ihre eigenen Karten mischten.

Unter den Kunden, deren Namen Bänz und Carlo notierten, waren ein paar ganz schwere Jungs dabei. Wenn diese in der Bank auftraten, breit wie Kleiderschränke, hatte man das Gefühl, es stünden zwanzig Jahre Gefängnis unbedingt im Besprechungsraum. Tätowierungen waren zwar modern, man konnte sie sogar schön finden. Zu »Geschäftsleuten« mit fünfzig Tonnen Barvermögen im Tresor passten sie weniger. Aber mit diesen Leuten war Geld zu machen, das wussten sie beide.

Und so filterten sie die Schwarzgeldkonten von Steuerhinterziehern und Geldwäschern heraus und informierten diese, dass ihr Konto aufgrund der neuen Weißgeldstrategie der Schweiz bald saldiert werden müsse. Allerdings gebe es da eine geeignete Lösung, die man speziell eingerichtet habe. Speziell für die Vermögensverwaltung von Kunden aus

Deutschland und Südosteuropa. Die Lösung heiße *b&f Consulting and Finance AG.*

B wie Carlo Berger, F wie Bänz Friedli

Carlos Geschäftspartner und zweiter Inhaber der frisch gegründeten Firma b&f, Bänz Friedli, war gelernter Elektromonteur. Er sah etwas besser aus als Carlo, sein Schnurrbart hatte aber schon eine leichte Nikotinverfärbung, und auch seine Zähne strahlten nicht mehr ganz einen jugendlichen Charme aus. Dafür hatte er die Manieren und das Wording eines Stallknechts. Sein rotblondes Haar, das er mithilfe von viel Gel zu einem strengen Scheitel kämmte, verlieh ihm ein nordisches Aussehen. Er sah weniger wie ein Bankangestellter aus als vielmehr wie ein etwas verlebter schwedischer Kriminalkommissar.

Auch Friedlis Weg in die Bank war nicht geradlinig erfolgt. Nach einigen Jahren als Elektroinstallateur hatte er als Matrose auf einem Hochseeschiff unter Schweizer Flagge angeheuert und sich dort zum Offizier hochgearbeitet. Als ihm die Seefahrt zu langweilig geworden war, hatte er zu einer Schweizer Bank gewechselt, wo er im Backoffice mit Verwaltungsarbeiten betraut worden war.

Bei den Feierabenddrinks in der Schweizerhofbar hatte er Carlo kennengelernt, und nach und nach hatte man sich angefreundet und sich dann auch öfter zum Mittagessen im Restaurant Gotthard beim Bahnhof Zürich getroffen. Bänz speiste auch gerne auf Geschäftskosten, hatte aber weniger Kunden zu bewirten als Carlo. Er lud seinen Kollegen von der Konkurrenz immer ein; für die Spesenabrechnung erfand er irgendeinen Kundennamen aus seinem »Kundenstamm der Bösen«. Damit die Zeit schneller vorbeiging und um den Ruf der trinkfesten Südosteuropäer nicht zu ruinieren, tranken die beiden zum Mittagessen immer eine Magnumflasche Roten, meistens einen Primitivo von der besseren Sorte.

b&f Consulting and Finance

Die Details des gemeinsamen Geschäfts hatte man bei weiteren freundschaftlichen Zusammenkünften bald geklärt. Obwohl keiner der beiden einen Maggisaucenfond von einem Finanzfonds unterscheiden konnte, wollten sie das Abenteuer als Vermögensverwalter und Finanzoptimierer wagen – frei nach dem Motto: »Wer nicht mit dem Adler fliegt, der scharrt mit den Hühnern!«

Sorgfältig und liebevoll suchten Bänz und Carlo in den Kundenstämmen ihres jeweiligen Portfolios Schwarzgeld zusammen, das bessere Betreuung haben sollte, und bald verließen sie ihre Banken – mit etwa 400 Millionen Dollar Verwaltungspotenzial im Gepäck. Das waren zwei Fliegen auf einen Streich: Die Banken waren ihre Geldwäscher los, und b&f hatte kostenlos einen beachtlichen Kundenstamm zusammengeklaut.

Kurz darauf bezog die neue Firma eigene Büros in bester Lage in einer Seitengasse zur Bahnhofstraße in Zürich. Ein edles Firmenschild in Gold verzierte die Eingangstür aus Eichenholz im ersten Stock. Sie hatten die vier Büroräume möbliert aus der Konkursmasse eines bankrotten Vermögensoptimierers ersteigert. Wegen geringer Nachfrage war das äußerst wertvolle und schicke Mobiliar samt PC und sonstigem Inventar fast gratis gewesen. Wer die Räume betrat, bekam einen grandiosen Eindruck. Kein Zweifel, hier war eine Edelfinanzboutique am Werk!

Wie aber funktionierte die Firma? Die Kunden aus Deutschland und dem Ostblock transferierten ihre Konten auf die ebenfalls kürzlich gegründete Privatbank Shark Capital Ltd., die sich auf den Geldverkehr und die Beratung von Anlagevehikeln spezialisiert hatte. Dieses Geldinstitut suchte dringend Kunden für ihre Dienstleistungen. Woher das Geld stammte, war der Shark Capital Ltd. egal. Hauptsache, die Kohle rollte.

Sofort nach Eintreffen der Vollmachten und des Geldes bei der Shark Capital begann die kluge Vermögensverwaltung durch b&f. Shark Capital reichte alle guten Anlagetipps an b&f weiter, und diese meldete dann die Orders für Kauf und Verkauf nach eigenem Ermessen wieder an Shark Capital.

Ein besonders gutes Geschäft waren die paar Dutzend Stiftungen in Liechtenstein, die b&f im Auftrag der Kunden eröffnete. Aber noch interessanter waren die über hundert Offshorefirmen vorwiegend auf Zypern, den Cayman Islands und den Bahamas, über die ihre Kunden steueroptimierte Geschäfte abwickeln konnten. Die Gründung dieser Firmen lief über Agenten in den entsprechenden Ländern, sodass b&f nur hohe Provisionen kassieren konnte, ohne viel dafür tun zu müssen.

Im Wertschriftenbereich musste sich auch immer etwas bewegen. Aktien, Optionen, Devisen, Futures und strukturierte Produkte drehten sich im Stundentakt und spülten Kohle in die Kassen. Nicht nur bei b&f klingelten die Kassen, auch die Kunden verdienten gutes Geld mit den hochrisikoreichen Anlageprodukten. Weil die beiden selbsternannten Vermögensverwalter nicht in der Lage waren, die richtigen Papiere auszuwählen, wurden sie jeden Morgen von Erwin Voegeli, ihrem Anlageberater bei der Shark Capital Ltd., beraten. So lebten sie ganz gut von den Retrozessionen auf ihren Kundengeldern.

Kleider machen Leute

Den schnellen Reichtum musste man natürlich sichtbar machen. Warenhausklamotten passten nicht mehr zu Carlo und Bänz. Aber welcher Designeranzug von welchem Edelausstatter durfte es sein?

Bänz hatte sich bald entschieden. Seine Wahl fiel auf einen feinen Anzug aus leicht glänzendem, fast schwarzem Stoff. Drei Hemden, Socken, Pochetten und ein paar passende Krawatten kamen auch noch dazu, dann mussten nur noch die Ärmel etwas gekürzt werden, und die Hosenbeine auch noch um drei Komma fünf Zentimeter.

»Das macht dann alles zusammen 5261 Franken«, sagte ein älterer, extravagant gekleideter Verkäufer. Er war seit vierzig Jahren der Eigentümer dieses exklusiven Herrenausstatters. Und er fügte hinzu: »Wenn Sie bar bezahlen, können wir Ihnen fünf Prozent Rabatt machen.«

Bänz erhielt eine handgeschriebene Quittung. Seine Barzahlung wanderte in eine separate kleine Schachtel direkt unter der Registrierkasse.

Stolz marschierte Bänz einige Tage später mit seinem glänzenden Anzug ins Büro von b&f ein, als würde er an einer Modenschau auftreten. Als Carlo seinen Partner zu Gesicht bekam, herausgeputzt mit feinem Hemd, Krawatte und Pochette, wurde er von einem Lachanfall geschüttelt.

»Was lachst du so blöd, Carlo?«, erkundigte sich Bänz beleidigt. »Gefalle ich dir nicht in meinem neuen Anzug? Mein Marktwert ist jetzt gestiegen, und das Beraterhonorar für die Kunden wird sich nun verdoppeln. Hat mich immerhin über 5000 Eier gekostet.«

Als sich Carlo von seinem Lachanfall erholt hatte, sagte er zu Bänz: »Ich muss es dir sagen! In dem Anzug siehst du aus wie ein Schwuler aus dem Niederdorfquartier. Wahrscheinlich war der, der dir diese Aufmachung verkauft hat, schwer vom anderen Ufer.«

Bänz errötete und verließ wutentbrannt das Büro in Richtung Schweizerhofbar. Als er dort von einem anderen Herrn im glänzenden Anzug unzweideutig angesprochen wurde, flüchtete er sich aus dem Lokal und machte sich rasch auf den Heimweg. Am nächsten Morgen erschien Bänz wieder in einem ungebügelten, graugestreiften, billigen Anzug.

Auch Carlo brauchte neue Klamotten und begab sich zu einem Herrenausstatter an der Bahnhofstraße. Weil in seiner Größe nichts mehr ab der Stange zu kaufen war, entschloss er sich für einen dunklen, leicht gestreiften, aber auf keinen Fall glänzenden Maßanzug.

»Nichts Schwules«, sagte er zum Verkäufer, der ihm daraufhin einen verächtlichen Blick zuwarf.

Der Weg des schwarzen Geldes

Des Öfteren machten Carlo und Bänz, die jetzt Chefs waren, mit größeren Summen Bargeld selber Geldkurierdienste. Sie reisten mit Spezialschuhen im Zug oder im umgebauten älteren Mercedes Kombi nach Deutschland, Belgrad und Karlsbad und zurück. Zur Belohnung erhielten die Chefkuriere von den Steueroptimierern kostenlose Dienstleistungen in Saunaclubs und in den Etablissements ihrer Kunden.

Die schönsten und lukrativsten Abstecher ins Ausland waren diejenigen nach Karlsbad. Der moderne tschechische Badeort verfügte über eigene Warmwasserquellen. In die über zweihundert Hotels war schon viel russisches Geld, das dem russischen Fiskus entgangen war, geflossen. Die Unterbringung im feudalen Hotel Imperial für drei Tage war für Carlo und Bänz wie Ferien im Paradies. Meistens war auch noch Gaston dabei, der Sohn von Bänz. Heiße Bäder, Massagen, Dampfbad, gemischte Sauna, Casino und abends Escortbegleitung – was wollte man denn als Mann noch mehr?

Am dritten Tag wurde der umgebaute Kombi dann

gepackt. In den eingearbeiteten Hohlräumen fanden große Summen Bargeld Platz, und in den Zwischenboden, den Carlo nicht kannte, kamen einige Bilder für die Kunstgalerie von Bänz Friedlis Kinder. Was keiner wusste – außer Gaston: Es gab auch noch ein Fach für weißes Pulver, Pillen, Spritzen und Flüssigkeiten.

Die Rückfahrt erfolgte stets problemlos, auch an Polizeikontrollen kam man ohne Schwierigkeiten vorbei. An der Grenze zu Deutschland gab es keinen Zoll, und in die Schweiz fuhr man am besten zu Stoßzeiten mit der Fähre Friedrichshafen-Romanshorn. So wurden Zoll- und Mehrwertsteuern elegant umgangen, und die Konten der Kunden füllten sich, diejenigen der Firma b&f ebenfalls.

Kurz und gut: Das Geschäft von Carlo und Bänz boomte. Die Einnahmen aus den verschiedenen Geschäften waren so hoch, dass die zwei Chefs eigentlich gar nicht mehr wussten, wofür man das viele Geld noch ausgeben konnte. Berger kaufte sich kurzerhand eine Penthouse-Wohnung im besten Quartier mit Blick auf den Zürichsee und bestückte sie mit teurem Porzellan, Luxusuhren und Teppichen in sechsstelliger Summe. Die Krönung seines neuen Hausrates war ein karminroter Maserati mit Speziallackierung.

Bänz hatte seinen Kindern, Evelyne und Gaston, schon früh eine Galerie eröffnet, auch dort konnte wieder Schwarzgeld untergebracht werden. Man handelte mit russischen Galeristen »entartete« und moderne Kunstwerke. Zu günstigen Preisen wurde auch Raubkunst aus dem Zweiten Weltkrieg eingekauft, die meisten Werke kamen aus einem Hochhaus in Berlin.

Chefsekretärin Olivia und ihre Gehaltserhöhungen

Weil beide Herren des Schreibens sinnvoller Sätze, geschweige denn ganzer Briefe auf dem Computer nicht mächtig waren, benötigten sie natürlich eine Chefsekretärin. Der Zufall wollte es, dass die hübsche, langbeinige, vollbusige und sprachbegabte Olivia gerade ihren Job in einer Bank losgeworden war. Sie war ein Wundertalent, beherrschte fünf Sprachen fließend und alle Korrespondenz- und Buchhaltungsaufgaben mit links. Nach einer kaufmännischen Lehre war sie in der Welt herumgereist und hatte in aller Herren Länder gejobbt. Eine Zeit lang hatte sie auch ein Nailstudio betrieben, bevor sie sich an einer Handelsschule zur Chefsekretärin ausbilden ließ.

Ihre Karriere war auch dank ihres guten Aussehens schnittig abgegangen. Gerade deswegen war sie jetzt auch freigestellt worden. Die Frau ihres ehemaligen Chefs hatte diesem mit Scheidung und den entsprechenden finanziellen Konsequenzen gedroht, wenn diese Olivia nicht sofort aus dem Blickfeld ihres Mannes verschwinden würde. Bei ihren Qualitäten und Qualifikationen blieb Olivia nicht lange arbeitslos. Bei b&f empfing man sie mit offenen Armen.

Olivia verstand es, ihre beiden Chefs auf Trab zu halten. Sie kannte alle Dossiers, die sauberen und die anderen auch – wobei: Saubere waren eigentlich nicht vorhanden. Im Prinzip war Olivia ein Klumpenrisiko für die Firma. Das wusste aber nur sie selbst.

Nach getaner Arbeit genehmigten sich Olivia, Bänz und Carlo, manchmal auch Erwin, der junge Shark-Capital-Banker, jeweils in der nahen Hummerbar unweit des Bahnhofplatzes Zürich einen Feierabenddrink. Man trank meistens eine Magnumflasche Champagner, die allerdings selten länger als zwei Stunden hinhielt.

Es war nicht zu übersehen, dass Olivia mit jedem Glas anhänglicher wurde und Berger bis in die Hosentaschen hinein bedrängte. Sobald Bänz und Erwin bemerkten, dass Berger einen hormonroten Kopf bekam, verdufteten sie, ohne ihren Anteil am Champagner zu bezahlen. Carlo und Olivia ihrerseits verzogen sich dann, nicht selten über der Promillegrenze angelangt, wieder ins b&f-Büro, wo ihnen eine gemütliche Couchliege zur Verfügung stand.

So wusste Olivia schnell, was bei Carlo zu tun war. Am nächsten Morgen waren alle glücklich, und Olivia bekam mal wieder eine Gehaltsaufbesserung. Nach zehn Dienstjahren verdiente Olivia fast so viel wie ein Bankdirektor. Sie dürfte eine der bestbezahlten Sekretärinnen in Zürich gewesen sein.

Glücklich im neuen Penthouse

An diesem Abend war Carlo Berger überglücklich. In seinem motorisierten Komfortlehnstuhl, dem einzigen Möbelstück, das er aus der Anwandstraße mitgenommen hatte, blickte er auf den glitzernden Zürichsee. Im Glas in seiner Hand funkelte der Château Pétrus, den er sich nun täglich und in Strömen leisten konnte. Carlo Berger hatte inzwischen enorme Einnahmen, aber auch entsprechende Ausgaben. Der Hummer im Gotthard, das Filet Mignon à la minute im Schweizerhof und auch das Züricher Geschnetzelte mit Rösti in der Kronenhalle waren ihm zur lieben Gewohnheit geworden.

Wie er so über seinen hundert Quadratmeter großen Wohnraum, die teuren Teppiche und die Designermöbel hinwegschaute, wurde er dann aber doch etwas nachdenklich.

Wieso habe ich keine Frau an meiner Seite?, sinnierte Carlo. Ich kann doch das Beste anbieten, was man einer Frau nur anbieten kann: eine Küche vom Feinsten, zwei Backöfen, eine Geschirrspülmaschine auf Arbeitshöhe. Dazu Waschküche und Bügelzimmer auf dem gleichen Stock. Gar nicht zu reden vom Roboterstaubsauger, dem Bügelbrett mit Dampfdruck für die schneeweißen Hemden und als Krönung eine gut dotierte Kreditkarte ...

Mit nackten Füßen schlurfte er über den dunkelbraunen, gut temperierten Granitboden und kehrte mit der gekühlten Flasche Château Pétrus in der Hand zurück. Es hatte sich herumgesprochen, dass die ganz feinen Leute und die echten Weinkenner den Rotwein leicht gekühlt trinken, deshalb tat Carlo das auch. Während er die Flasche leerte, dachte er an seine Sekretärin Olivia.

Eroberung am Oktoberfest

Ende September wendete sich das Blatt für Carlo. Am Oktoberfest im Bauschänzli, einer Halbinsel in der Limmat mitten in der Stadt Zürich, lernte er Elsa Carnevale kennen. Sie war sehr hübsch und sexy und hatte einen vertrauensvoll hochgestellten Busen. Elsa hätte Spontan-Ella heißen können. Alles, was sie sagte, dachte und tat, war spontan, emotional und selten nachhaltig. Wohin das noch führen würde, konnte Carlo da noch nicht wissen.

Es spielte eine Kapelle bayrische Musik, die Leute schaukelten gut gelaunt hin und her. Draußen fegte ein eisiger Wind, die Blätter lösten sich von den Bäumen, und der Regen preschte in dünnen Strahlen in alle Ritzen der Kleidung. An einem langen Tisch im Festzelt schnatterten Elsa und ihre aufgebrezelten Freundinnen. Es war ein lustiges Häufchen Damen zwischen dreißig und fünfzig, die sich alle nach unglücklichen Wildwestscheidungen wieder auf dem Liebesmarkt tummelten. Gleich nebenan, an Carlos Tisch, grölte eine Horde Vermögensberater, die sich aufführten wie Vergnügungsberater. Sie schimpften über die aufmüpfigen Kunden und narzisstischen

Bankdirektoren, dazwischen sangen sie Lieder, die zur Musikkapelle passten.

Beide Tischbesatzungen waren bei bester Laune und funktionierten nach dem Sicherheitsprinzip: »Ich kann auch fröhlich sein ohne Alkohol, aber sicher ist sicher.« Unter erheblichem Alkoholeinfluss prostete man sich zu. Kaum geschehen, bekamen die Damen eine Einladung, gemeinsam mit den Herren ein Cüpli zu trinken. Nach dem Champagner war man sich dann auch schnell einig, gleich nebenan beim Spanier gemeinsam Paella essen zu gehen. Gesagt getan, es wurde für zwölf Personen Paella und dazu vier Magnumflaschen Primitivo bestellt.

Je mehr Wein floss, desto öfter und länger verfingen sich die Augen von Carlo, der sich neben Elsa gequetscht hatte, in deren Dekolleté. Und als sich die Runde gegen Mitternacht aufzulösen begann, hatte Carlo noch eine umwerfend gute Idee: Er lud Elsa mit ihren inzwischen feurigen Vulkanaugen auf einen Schlummertrunk in die zwei Häuserblocks weiter gelegene Diagonal-Bar ein. Nach einem weiteren Cüpli Champagner begleitete er Elsa dann galant zu ihr nach Hause.

Es regnete noch immer in Strömen, geradezu horizontal fiel der Regen. Carlo, ganz Gentleman, begleitete Elsa bis an ihre Hauseingangstüre aus Eichenholz. Sie wohnte an der Fortunagasse, einer Seitenstraße der Bahnhofstraße. Bevor sie die Haustüre aufschließen konnte, nahm er sie mutig in den Arm und küsste sie. Das fand Elsa nicht unangenehm, und Carlo wertete das als verheißungsvolles Zeichen an der Fortunagasse.

»Ich frage jetzt nicht: Gehen wir zu dir oder zu mir? Wir sind ja schon bei dir, und es regnet«, sagte Carlo trocken, und schon hatte er den Fuß in der Eingangstüre eingeklemmt. »Einen Schlummertrunk zum Aufwärmen liegt sicher noch drin«, meinte er.

In der modern eingerichteten Zweizimmerwohnung angelangt, half der Gentleman Elsa aus dem Mantel. Kaum war der Mantel auf dem Bügel am Abtropfen, verfingen sich seine Blicke wieder im Dekolleté und in Elsas Augen. Ihn überkam ein brünstiges, heißes, dampfendes Gefühl. Er küsste Elsa nochmals heiß und innig, sie erwiderte dies in gleicher Weise. Schon bald lösten sich die ersten Knöpfe, eine Bluse fiel zu Boden. Das leise Geräusch eines Reisverschlusses übertönte die Atemgeräusche des angehenden Liebespaares.

Elsa knöpfte Carlos Hemd auf, bis dieses ebenfalls zu Boden fiel. Es dauerte nicht allzu lange, da waren beide nur noch mit Unterwäsche bekleidet – wobei Elsas Unterwäsche nicht mehr viel bekleidete. Carlo stand da in altmodischen ausgewaschenen Boxershorts und einem ärmellosen weißen Unterhemd. Elsa lag inzwischen im kleinsten durchsichtigen roten Tanga, einem Push-up-BH und roten Stilettos auf dem Bett.

Es war schon längere Zeit her, dass Carlo eine Frau

so halb nackt gesehen hatte und ihr so nahe gekommen war. Vor ein paar Wochen war er mit einem Ostblockkunden in einem Saunaclub unter die Räder gekommen, doch das war ein teures Abenteuer gewesen und bei Weitem kein so aufregendes wie dieses.

Jetzt, wo er im Schimmer einer Straßenbeleuchtung Elsa mit ihren vollen Brüsten im winzigen Tanga vor sich liegen sah, musste er handeln, und zwar schnell, bevor es zu spät sein würde. Zu spät war es noch nicht, aber nach elf Sekunden verließen ihn wie üblich die Kräfte. Dabei durfte es aber nicht bleiben, diese Blamage! Nach einer Erholungspause vollendete er sein angefangenes Werk zur Zufriedenheit aller.

Von da an waren Elsa und Carlo ein Paar. Sie trafen sich oft, und er übernachtete auch bei ihr, wenn er gerade Zeit und besonders Lust dazu hatte. Wenige Wochen später zog sie in Carlos neue Penthouse-Wohnung ein. Es verging noch einmal nicht besonders viel Zeit, und schon hatte sie die Prachtwohnung nach ihrem Gusto verschönert, mit unechten Stilmöbeln, die zum Meissener Porzellan passten. Alsdann führte sie mit Carlo einen nicht allzu glücklichen Haushalt.

Probleme an allen Fronten

So erfolgreich Carlo in seiner Firma war, zu Hause hatte er jedenfalls nichts zu lachen. Für seine Partnerin Elsa, die für den Zweierhaushalt noch eine Putzfrau und eine Bügelfrau beschäftigte, war das Leben todlangweilig geworden. Morgens, wenn Carlo aus dem Haus ging, schlief sie noch tief und fest, und wenn er abends nach Hause kam, schlief sie vor dem Fernseher etwas weniger fest.

Hatte Carlo zuvor bei Olivia keinen mechanischen Coitus rapidus erhalten, versuchte er es nun vor dem Einschlafen bei seiner Elsa. Es war nicht so einfach, die hundertfünfzehn Kilogramm in Stellung zu bringen, und das für nur elf Sekunden Vergnügen. Nach dieser sportlichen Höchstleistung fiel der mit etwa zwei Promille geladene Carlo auf seine Bettseite und pennte schnarchend ein. Elsa verweigerte ihm nach mehrmaliger Ermahnung und Demütigung daraufhin jeglichen Sex, und Carlo bekam ein eigenes Schlafzimmer. So trank er sein Feierabendbier oder eher die Magnumflaschen weiterhin mit seinen Freunden und seiner Chefsekretärin Olivia, und Elsa turnte mit ihren Freundinnen herum und verblühte als nichtberufstätige Frau langsam in ihrem Haushalt.

Während die Zeit verging, wuchsen Carlos Probleme mit den Klienten. Es zeigte sich, dass der ehemalige Modeberater nicht gerade das größte Talent im Vermehren von Kundenvermögen war. Immerhin verlor er bei b&f weniger schnell Geld als früher im Casino.

Obwohl Carlos Sachkenntnis beschränkt war, wusste er, dass Blue Chips eine gute Sache waren. Er ließ sich aber gerne von Erwin, dem Vertrauten der Shark-Capital-Privatbank, eines Besseren belehren. Immer öfter empfahl ihm der Bankberater so richtige Knaller, das heißt Investitionen in Strukturierte Produkte der besten Adressen auf dem Finanzdienstleistungsmarkt. Diese böten garantiert höhere Renditen als hundsgewöhnliche Blue Chips, hieß es. Immer wieder bekam Carlo auch von seinen internationalen Börsenmaklern spätabends noch Anrufe mit heißen Tipps zu Aktien und »Strukis« aus New York und Kanada. Ohne zu wissen, was genau dahintersteckte, orderte er die Titel zehntausendfach.

Doch als ihm ein Broker sogar amerikanische Immobilienfonds andrehen wollte, sagte Carlo geradeheraus: »Dir hat es doch ins Gehirn geschissen, so ein Bullshit. In Amerika ist doch die Scheiße am Dampfen!« Und *peng* knallte er den Hörer auf die Gabel.

Was wollen denn diese Deppen?, dachte er. Wenn

ich das meinen Greenspans und Taliveskis empfehle, wickeln die mich in Käse und machen Fondue aus mir.

Weil sein Alkoholpegel ab neun Uhr abends meistens schon im Magnumbereich pendelte, wusste Carlo oft am nächsten Morgen nicht mehr genau, was für Geschäfte er am Vorabend getätigt hatte. Sein Partner Bänz Friedli teilte dann die Papiere den Kunden proportional zur vorhandenen Liquidität zu. Manchmal ging alles gut, aber nicht immer. Als sich dieser Casino-Kapitalismus zu Ungunsten seiner Kunden bewegte, drohten einige Kunden, das Geld abzuziehen beziehungsweise die Verwaltung des Vermögens durch b&f zu kündigen. Carlo wusste aber, dass für das schwarze und blutverschmierte Geld keine anderen Verwalter zu finden sein würden.

Ein Anruf und ein Geschenk aus Belgrad

In Gedanken versunken saß Carlo vor seinem Bildschirm. Rote und grüne Zahlen hüpften von einer Ecke in die andere, von oben nach unten und von rechts nach links. Es waren die Online-Börsenkurse, die immer roter wurden. Zugleich wurden die Drohungen der Kunden aus München, Berlin, Belgrad, Sarajewo und Karlsbad immer lauter.

Heute ist ein schlechter Tag, dachte Carlo, verschränkte die Hände hinter dem Kopf und kippte seinen Bürostuhl nach hinten ab. In dieser Position begann er sich ein wenig zu entspannen. Er lächelte Olivia an, die sich gerade die Fingernägel zu feilen begann. In diesem Moment klingelte das Telefon. Das Display blinkte warnend. Am anderen Ende der Leitung war Taliveski. Schnell zupfte sich Carlo seine Krawatte zurecht, nahm eine aufrechte Sitzhaltung ein und setzte sein 50-Millionen-Lächeln auf.

»Hallo, mein Freund, schön, dass du anrufst. Wie geht es dir?«, fragte Carlo, dann hielt er den Hörer weit von seinem Ohr weg und dachte: Keine Manieren, diese Sliwowitz saufenden Serben.

»*Meine Männer kommen besuchen dich und zeigen,*

wie man Kohle macht!«, brüllte Drago Taliveski aus Belgrad ins Telefon. »*Bis Ende Jahr ich will sehen viel mehr Kohle auf Konto!*«

»Aber Drago«, versuchte Carlo es mit Humor, »wir füttern die roten Börsenkurse gerade etwas mit Viagra. Du wirst sehen, wie sie dann hochgehen. – Wie? – Genau, wie deine Rute letztes Mal im Saunaclub, als die wegen dir das Wasser im Whirlpool wechseln mussten.«

Drago Taliveski beendete den Anruf wortlos.

Vielleicht sollte ich es wirklich einmal mit Viagra versuchen, überlegte Carlo, den Hörer noch immer in der Hand haltend. Es soll Wunder wirken, hatte ihm Bänz einmal verraten. Dann dachte er an sein Alter und seinen Sparstrumpf. Nach dem Motto: »Jeder schaut für sich, nur ich schaue für mich«, hatte er instinktiv und bauernschlau die ganz guten Strukturierten Produkte immer auf sein Privatkonto gebucht.

Während das Jahr verstrich, gelang es Carlo, die Konten einiger Kunden wieder zurechtzubügeln. Doch dasjenige des Auto-Import-Export-Königs Drago Taliveski kam auf keinen grünen Zweig, die Strukturierten Produkte versanken tiefrot im Schlamm der Bankenkrise. Dass sich diese einstigen Topprodukte zusehends entwerteten, war nicht einmal Bergers Schuld, sondern eine Folge des Aktiencrashs von 2008. Aber ob das für Drago Taliveski eine Rolle spielte …?

Es war an einem Montagmorgen, genau um halb zehn Uhr. An den Bürotüren mit dem goldenem Schild »b&f Finance and Consulting« klingelte es. Olivia öffnete die Tür. Vor ihr standen zwei dunkel angezogene Herren mit leicht orientalischen Gesichtszügen und gut sitzenden Sonnenbrillen.

»Ist Herr Berger zum Sprechen? Wir haben Geschenk aus Belgrad.«

Geduldig warteten die Herren im Vorraum, bis der Herr Berger aus seinem Büro trat. Ganz verdutzt schaute er die beiden an. Auch Bänz Friedli äugte aus seinem Büro, nachdem er etwas von »Geschenk« gehört hatte.

»Du sein Berger? Haben Geschenk für dich aus Belgrad«, sagte der eine der beiden Herren. Dann ertönten drei dumpfe Geräusche, die bis ins Treppenhaus hinaus zu hören waren. Eines kam aus Carlos Bauchmitte, das zweite von einem Schlag von hinten auf seinen Kopf, woraufhin dieser nach vorn in Richtung Boden klappte. Das dritte Geräusch erklang, als Bergers Stirn auf dem Holzboden aufschlug. Blut lief in die Ritzen des Bodens.

Als sich die beiden überzeugt hatten, dass sich der Mann am Boden nicht mehr bewegte, verabschiedeten sie sich mit den Worten: »Mann besser aufpassen auf Geld, sonst nächstes Mal schlimmer.«

Berger hörte nichts mehr. Über eine halbe Stunde wand er sich in Embryostellung am Boden. Olivia wurde von Angst und Schrecken gepackt. Die Polizei anrufen konnte sie natürlich nicht, sonst wäre womöglich der ganze Laden aufgeflogen. Auch einen Arzt zu rufen ging nicht, der hätte ebenfalls die Polizei alarmiert. So überließ man Carlo seinen Schmerzen und begnügte sich damit, sein Gesicht mit kaltem Wasser zu kühlen.

Von diesem Moment an lebte Carlo in Angst und Panik. Nur die Einnahme starker Betäubungsmittel, beispielsweise Alkohol, konnte ihn noch im Gleichgewicht halten. Der arme Carlo, er konnte die Bankenkrise ja auch nicht beeinflussen. Das aber wollte dieser Drago Taliveski einfach nicht begreifen.

Steueroptimierung mit Kommafehler

Langsam erholte sich Carlo von seinen Magenschmerzen. Der Arzt, den er später doch noch aufgesucht hatte, natürlich ohne das »Geschenk« aus Belgrad zu erwähnen, diagnostizierte einen Milzriss. Auf der Stirn veränderte eine Geschwulst, die vom Aufschlag auf den Boden herrührte, das gute Aussehen seines Gesichts. Er sah nun ein bisschen aus wie ein Zirkusclown, man hätte ihm nur noch die Nase rot anmalen müssen.

Eines Tages dann, Monate später, erhielt Carlo einen unerwartet freundlichen Anruf aus Belgrad. Taliveski persönlich war am Apparat.

»*Carlo, ich haben Problem, großes Problem. Ich brauchen Steuerausweis für Behörde in Belgrad. Früher haben ich immer nur null geschrieben, weißt du, Kommafehler, kann vorkommen. Behörden wollen mir nicht glauben, weil großes Haus und Ferrari und Mercedes in Garage. Du mir Bestätigung schreiben, nur null Dollar auf Konto. Niemand darf wissen, auch niemand in deinem Büro, verstanden! Du kennen Geschenke aus Belgrad – nächstes Mal schlimmer.*«

Carlo war sprachlos. Nun wusste er, dass sein

Kunde aus Belgrad mit seinen 50 Millionen hinterzogenem Vermögen genauso mit dem Rücken zur Wand stand wie er, Carlo Berger, mit der Firma b&f. Wenn er die Anweisungen aus Belgrad befolgte und seine Urkundenfälschung aufflog, würde er ohne Gnaden im Gefängnis landen. Wenn man Drago Taliveski erwischte, kam er ebenfalls ins Gefängnis und sein Vermögen würde konfisziert werden. Es gab nur eine Lösung, und die lautete: Alleroberste Geheimnisstufe.

Zu Hause konnte Carlo wirklich nicht mehr anders, als seine Lebenspartnerin Elsa um Rat zu fragen. Er schilderte ihr die ganze Geschichte von A bis Z.

»Elsa, was soll ich denn bloß tun?«, klagte er.

»Fülle das Formular doch einfach mit Kommafehlern aus«, riet seine Elsa. »Und wenn du dann für einige Monate in den Knast musst, werde ich das sowieso nicht merken. Du bist ja eh nie zu Hause.«

Geheimnisvolles Essen

Kurze Zeit später kam wieder ein Telefonanruf aus Belgrad.

»*Bist du sicher, niemand wissen von meine Problem in deine Büro?*«, fragte Drago Taliveski mit leiser Stimme.

»Du weißt doch, ein Mann, ein Wort«, verkündete Carlo stolz.

»*Also, ich dich einladen zum Essen und Trinken mit deine Frau*«, meinte Taliveski. »*Und nicht vergessen: Brief und Kontoauszug mit null Million Dollar für Steuer mitbringen.*«

Als der vereinbarte Tag gekommen war, trabten Elsa und Carlo noch notfallmäßig zum Friseur. Elsa brauchte auch noch Mani- und Pediküre, Face Peeling und eine Radiofrequenz-Gesichtsbehandlung …

Schließlich wurden sie Punkt 13 Uhr in einem kleinen Raum im Hotel Savoy empfangen. Ein Fenster zur Bahnhofstraße öffnete den Blick in die große weite Welt – die Finanzwelt. An zwei runden, mit Blumen geschmückten Tischen standen die Herren Drago Taliveski und seine Graue Eminenz, Herr

David Polanski, der eine kleine Kopfbedeckung trug. Zwei große haarlose Männer mit ausdruckslosen kantigen Gesichtern standen diskret im Hintergrund. Berger zuckte zusammen, als er sie sah, denn die beiden kamen ihm bekannt vor. Bei einer unvorsichtigen Bewegung eines Hintermannes bemerkte Carlo den glänzend schwarzen Griff einer Pistole in der Halterung aus Leder. Kalter Schweiß schoss Carlo auf die Stirn.

Die Begrüßung war kalt und kurz.

»*Du haben Brief dabei?*«

Carlo schüttelte den Kopf.

»Das ist unmöglich«, stammelte er. »Ich muss auch eine Kopie an das Steueramt in Zürich senden. Die Zürcher Steuerbehörde würde mir bei so einem Papier gleich die ganze Bude auf den Kopf stellen. Wenn dann das Finanzamt bei dir Nachsteuern ermitteln und einziehen würde, könnten davon über Jahre die Löhne vieler Beamter bezahlt werden.«

Drago Taliveski wurde schneeweiß. Sein Kopf sah aus wie ein Gletscher mit Schnee obendrauf.

»*Du wissen, ohne Brief meine Existenz gehen kaputt. Wenn Steuer mich erwischen, ich gehen in Gefängnis, und meine Firma wird von Konkurrenz gestohlen, das so in Belgrad. Du haben zwei Woche Zeit für Formular richtig ausfüllen. Dann holen Tarek und Zoran*«, Drago nickte mit Blick in Richtung der haarlosen Gesellen, »*Papier bei dir ab.*«

»Wenn ich das Formular falsch ausfülle, komme ich

wegen Urkundenfälschung vier Jahre ins Gefängnis«, erwiderte Carlo. Es dämmerte ihm schon länger, dass er die Wahl hatte zwischen Pest und Cholera.

Taliveski schwieg. Erst nach der Vorspeise, bestehend aus Rahmsauerkraut mit lauwarmen Leberstreifen, ergriff er wieder das Wort. Charmant erkundigte er sich bei Elsa, was sie denn von diesem Theater halte, das ihr Mann da mit den Steuern veranstalte. Spontan und gedankenlos, wie sie nun einmal war, plauderte Elsa wie ein Wasserfall drauflos, was sie über Drago Taliveski wusste.

»Drago, Sie sind der größte Autoimporteur von ganz Serbien, nicht wahr?«, schmeichelte sie. »Sie kaufen in der Schweiz und Italien alte Autos und machen in Serbien fast neue daraus. Das gibt viel Geld, und das verwaltet mein Mann«, plapperte Elsa. Sie gefiel sich in der Rolle der Expertin und erzählte des Langen und Breiten weiter, was sie wusste. Und das war fast alles. Auch betonte sie, dass ihr Mann noch mehrere solche Fälle mit Steuerformular zu betreuen habe, da sei etwa noch der Grünkohl aus München und der Gantenbein aus Berlin und …

Carlo war längst blaurot angelaufen. Der inzwischen servierte Lammrücken wollte ihm nicht mehr schmecken. Er wusste genau, was der Belgrader dachte. Elsa wusste zu viel und war für Drago Taliveski eine ernsthafte Bedrohung. Sie hätte bei einer allfälligen Befragung vor Gericht nie und nimmer dichthalten können.

Gesprochen wurde jetzt nicht mehr viel. Man schaute nur noch ratlos im Zimmer herum. Taliveski und seine Graue Eminenz, David Polanski, schauten einander diskret scharf an. Ihre Augen sprachen Bände, die Pupillen verengten sich, und beide verließen daraufhin wortlos den Raum.

Carlo trat Elsa unter dem Tisch ans Schienbein. Sie reklamierte lauthals. Die beiden Herren im Hintergrund spitzten die Ohren und versuchten zu interpretieren. Als Taliveski und Polanski den Essraum nach längerer Zeit wieder betraten, waren ihre Gesichtszüge verhärtet, als ob sie eben ein Todesurteil gefällt hätten. Keiner sprach ein Wort, sogar Elsa schwieg jetzt.

Schließlich wurde der Kaffee serviert. Niemand bemerkte, dass Elsa als Einzige neben der Praline ein in goldenes Papier gewickeltes Schokolädchen neben der Kaffeetasse liegen hatte, und so kam auch niemand auf die Idee, dass das Schokolädchen eine winzige Füllung Nanotoxin enthielt, das sehr wirksam, aber nur zwei Tage lang nachweisbar sein würde. Nichtsahnend genoss Elsa die Süßigkeiten zum Kaffee.

Nach dem Essen übergab Drago Taliveski Carlo die neuen Formulare seiner Steuerbehörde aus Belgrad.

»In zwei Wochen holen meine Männer Formular ab«, kündigte er an. *»Du besser keine Fehler machen!«*

Drago Taliveskis Autounfall

Fünf Tage vergingen. Carlo hatte die Formulare ausgefüllt und als Vermögen null Dollar angegeben. Er wartete nur noch auf die zwei Männer in Schwarz, ohne sich wirklich auf deren Besuch zu freuen. Als zwei Wochen später sein Handy klingelte und ihn aus seinen trüben Gedanken riss, ertönte eine Stimme, die Carlo nicht kannte. Und doch meinte er, sie schon irgendwo gehört zu haben.

»*Unsere Männer nicht holen können Formular. Taliveski ist tot. Mausetot. Schon kremiert und in Erde drin*«, sagte die Stimme.

Carlo war sprachlos. Ein Felsbrocken fiel ihm vom Herzen.

Drago Taliveski habe einen Autounfall gehabt, erklärte die Stimme weiter. Ganz dumm gelaufen sei das, ein Lastwagen habe ihn überfahren. »*Direkt über Kopf. Einmal vorwärts und einmal rückwärts. Mann sofort gestorben. Jetzt Autoimport von Drago mir gehören.*«

»Wer sind Sie?«, fragte Carlo.

»*Ich Polanski. Sie kennen mich von Mittagessen im*

Savoj Hotel. Sagen Sie, Carlo, wie geht Ihrer schönen Frau?«, fragte Polanski.

»Es geht so«, antwortete Carlo. »Das heißt: Eigentlich geht es nicht. Sie ist krank.«

Lange Krankheit und kurze Trauer

Ja, Elsa ging es seit einigen Tagen nicht gut. Sie aß nichts mehr und litt an Durchfall. Erste Dehydrierungsanzeichen machten sich bemerkbar, sie wirkte depressiv. Der Hausarzt gab ihr Medikamente, aber nichts brachte sie wieder auf die Beine. Schließlich diagnostizierten die Ärzte starke Osteoporose. Das Skelett degenerierte rasend schnell. Die Rückenwirbel sackten zusammen. Nach drei Monaten war von Elsa nur noch ein Häufchen Elend verblieben. Dann versagten die Organe; Leber, Niere – alles kollabierte. Nach vier Monaten war Elsa tot.

Nur Carlo ahnte, warum sie seit dem Essen im Savoy keinen Hunger mehr gehabt und das Essen eingestellt hatte. Und nur eine kannte bald auch seine Vermutung, dass es eine Vergiftung und somit ein Mord gewesen war: Olivia, die Chefsekretärin mit den sieben Sinnen. Ab zwei Promille musste Carlo mit jemandem reden, er brauchte Trost und Zuwendung, und überhaupt hatte er ja Geheimnisse nie besonders gut für sich behalten können.

Allzu stark musste Carlo nicht um Elsa trauern. Eigentlich hatte er sich sowieso schon längst von ihr trennen wollen – wäre dies nicht mit zu großen Risiken verbunden gewesen. Hätte Elsa zu viel geplaudert oder die Bürofürsten von b&f sogar angezeigt, dann hätten die zwei Herren ihre Rente im Knast abverdienen müssen.

Als Elsa dem Himmel wiedergeschenkt wurde, war das für Carlo ein Geschenk des Himmels. So verstand er jedenfalls die Worte des Herrn Pfarrer bei der Abdankungsrede. Während er kurz darauf Elsas Inventar entsorgte, merkte Carlo, wie oft seine Kreditkarte in den letzten Monaten noch geglüht haben musste. In den Schränken fand er zahllose Blusen, über hundert Paar Schuhe, meterweise Kostüme und Hosenanzüge, mehrere Pelzmäntel und vieles mehr, das meiste ungetragen. Elsa hatte ihren Freundinnen halt gerne gezeigt, was für eine feine Dame sie war. So gesehen konnte das Leben von Carlo nur günstiger werden.

Die Wiedergeburt

An einem späten Abend, als Carlo eben das Büro verlassen wollte, bremste ihn ein Anruf aus dem Ausland. Er hatte bereits seinen Schal umgehängt und den Hut aufgesetzt, den Mantel hielt er in der einen Hand, den Telefonhörer in der anderen.

»*Hier Drago Taliveski, du kennen mich noch?*« Der Serbe lachte schallend über die gelungene Überraschung wie über einen guten Witz.

»Aber ... du bist doch ... tot«, stammelte Carlo. »Polanski hat es mir gesagt, er hat mir sogar deine Todesurkunde gesandt, wegen deinem Konto.«

»*Ich nix tot, ich ganz lebendig, mein Freund. Ich nur für Steuer tot. Wir haben Problem gelöst. Haben Russen überfahren, einmal vorwärts und einmal rückwärts und über Kopf. Doktor sagt, das ist Drago Taliveski, ich kenne gut. Ist kremiert, und Arzt hat richtige Zertifikat geschrieben. War viel Geld für mich. Jetzt ich haben Pass von Zypern, und mein Name ist Mirko Tadic. Du verstanden?*«, sagte Taliveski, und ohne Carlos Antwort abzuwarten, fuhr er fort: »*Aber Polanski haben mir Geschäft gestohlen. Das ist Dieb, ist Verbrecher und nicht Freund! Wollen mich anzeigen bei Steueramt in Belgrad und Polizei. Mein Anwalt senden dir Vertrag, du alles mein Geld und Wertpapiere nach Zypern schicken, an Bank of Cyprus, verstanden, Carlo? Dort meine Offshorefirmen für neue Geschäft.«*

»Du hast ein neues Geschäft in Zypern?«, fragte Carlo verdutzt.

»Nein, ich wohnen in Zypern. Geschäft ist in Albanien, schöne Land, mit viel Meer, weißt du? Ich holen alte Auto aus Italien und Schweiz, transportieren mit Schnellbot nach Albanien und verkaufen dann Auto, wo glänzen wie neu, mit wenige Kilometer nach Mazedonien und Montenegro. Leute dort gerne fahren schöne Auto. Ich bisschen Geld verdienen, nicht viel, wegen Steuer bezahlen, verstehst du?«

Inzwischen lagen Hut und Mantel von Carlo am Boden, und er war in einem Stuhl zusammengesackt und schnappte nach Luft.

»Du, Carlo, du mich hören, ich haben noch Problem. Geld und alles Wertpapier müssen in drei Monate auf Bank of Cyprus sein, du verstanden?«

»Das ist nicht möglich«, stotterte Carlo ins Telefon, »dein Geld ist in Wertpapieren, Aktien, Optionen, Strukturierten Produkten und so weiter angelegt. Alles langfristig, mit hoher Rendite.«

Ausgerechnet von Taliveskis Konto, überlegte Carlo, in das viele amerikanische Call-Optionen und Strukis sowie die besten Lehman-Brothers-Papiere hineingewurstelt worden sind, sind mindestens fünfzig Prozent verdunstet, einfach so verdampft, innert kürzester Zeit. Wegen den Scheißamerikanern und diesem Analphabeten Erwin Voegeli von der Shark Capital Ltd. Da kriegt man nicht einmal mehr einen Kurs gestellt für diese amerikanischen Superpapiere. Vielleicht sind die Firmen ja voll Pleite gegangen. Dabei wollte ich doch nur das Beste für Taliveskis Konto … Voegeli hat mir ja den Schrott verkauft. Der hat hohe Provisionen kassiert, und ich habe nun das Problem. Und was für eines …

»Du haben drei Monate Zeit«, unterbrach Drago alias Mirko laut Carlos Überlegungen. *»Du mir senden 50 Millionen Dollar. Und Zins. Fünf Prozent genug. Du haben Zeit, aber wenn Geld nicht kommen auf Bank in Zypern, meine Männer holen. Du weißt wie. Und Freund Bänz uns auch kennenlernen.«*

Nach diesen Worten hatte Drago aufgelegt. Carlo aber konnte nicht aufhören, immer dieselben Gedanken zu denken. Wenn Taliveski wüsste, dass sich von seinem Vermögen 25 Millionen in Luft aufgelöst haben … innert wenigen Tagen. Alles nur wegen diesen kriminellen Lehman Brothers und der falschen Beratung von Shark Capital. Wenn Taliveski das alles erfährt, dann sind Bänz und ich morgen vielleicht schon tot, invalid oder haben alle Knochen gebrochen …

»Du weißt«, hatte Taliveski gesagt, *»alles ist möglich, auch Bauchoperation mit scharfem Messer, ohne Narkose. Verstanden!«*

»Mein Name ist Gantenbein, Dr. Gantenbein«

Dr. Gantenbein, der b&f-Kunde aus Berlin, betrieb zusammen mit seinem Freund Josef Goldman eine alternative Investitionsgesellschaft. Josef war mit Leuten aus der Banken-, Revisions- und Immobilienbranche in ganz Europa vernetzt. Ein weiterer Freund, Simon Sachs hieß er, war für die Informatik der Gesellschaft zuständig, für deren Internetauftritt und für die Saldoinformationen an die Kunden und Vertriebspartner.

»AIG« hieß das Unternehmen, kurz für »Dr. Gantenbeins Alternative Investment Group«. Es hatte seine Geschäftssitze in Zürich, Zug und der ganzen Welt, bot alternative Finanzinvestitionen für Anleger an und bezeichnete sich als »Marktführer unter den bankenunabhängigen Spezialisten für Alternative Investments«. Angesprochen wurden insbesondere vermögende Familien, Handwerksbetriebe, Fußballer und die Präsidenten von Fußballclubs sowie alle Kreise, die sich mit unversteuertem Geld herumschlagen mussten. Ihnen bot die AIG Anlagen in Immobilien sowie Rohstoff-Zertifikate und Hedgefonds-Anteile in Form von Wertpapieren und Unternehmensbeteiligungen an. Man warb mit hohen Renditen und jährlich zweimaliger Ausschüttung der Zinsen.

Die Anlagen wurden über Vertriebspartner, sogenannte Anlagevermittler, verkauft. Viele Anleger wurden allerdings nicht hinreichend darüber aufgeklärt, welche Risiken die Produkte der AIG bargen. Man riet zu toptoxischen Beteiligungen, während die Anleger meinten, in eine sichere Geldanlage zu investieren, die sie jederzeit würden kündigen können. Ein Irrtum, wie sich herausstellen sollte. Die Anleger konnten ihre Beteiligungen in AIG-Wertpapieren erst nach zehn Jahren beenden.

Die Anlagevermittler klärten ihre Kunden auch nicht über das bestehende Totalverlustrisiko auf. Im Gegenteil, sie suggerierten dem Anleger, es handle sich um eine Art sichere Spar-Rendite-Einlage, bei der das eingesetzte Grundkapital nicht verlorengehen könne.

Erstaunlicherweise kannte fast niemand den AIG-König Dr. Gantenbein persönlich. Alle Vertriebspartner, die für Geldnachschub sorgen mussten, hatten Gantenbein nur beim Einstellungsgespräch, an den Sales-Seminaren und bei gelegentlichen Telefonkonferenzen gesehen. Alles andere wurde elektronisch abgewickelt, über die Website der AIG Alternativ Investment Group.

Diese tolle Website informierte Kunden und Vertriebspartner über alle Neuheiten, den Kontostand und die Provisionen und zeigte Bilder von Baustellen, auf denen man auch die Baustellen-Werbetafeln sah. »Investor: AIG Investment Group« war darauf zu lesen.

Die Zinsen von fünf bis acht Prozent wurden regelmäßig ausbezahlt. Das machte die vielen Anleger, die in »Betongold«, Commodities oder Hedgefonds investiert hatten, immer glücklich. Es gab sogar Investoren, die ihre Lebensversicherung verkauft oder günstige Darlehen aufgenommen hatten, um mit zusätzlichen Mitteln dabei zu sein.

Währenddessen lebte Dr. Gantenbein in Prunk und Sünde in Berlin. Er residierte im zwanzigsten Stock des Europa-Centers am Breitscheidplatz Charlottenburg und war der Mittelpunkt der Reichen und Schönen. Und er war süchtig nach attraktiven Frauen. Was ihm noch zum Verhängnis werden sollte.

Die AIG und ihre Vertriebspartner

Ihren Hauptsitz hatte die AIG auf der Insel Belize. Es war eine Offshorefirma, die Gantenbein für 20.000 US-Dollar gekauft hatte. Gleichzeitig hatte er im Schweizer Kanton Zug eine Briefkastenfirma gleichen Namens eröffnet, die als Marketingfirma fungierte. Beschäftigt war dort aber nur ein pensionierter Treuhänder. Das Firmenkonto, auf das die ahnungslosen Investoren ihr Geld einzahlten, unterhielt Gantenbein bei der Shark Capital Ltd. in Zürich. Die Verwaltung der Offshorefirma in Belize und des Vermögens auf dem Konto der Shark Capital Ltd. besorgte natürlich b&f. Nun benötigte die AIG nur noch Vertriebspartner respektive Verkäufer.

Motivierte Vertriebspartner zu finden, das war nicht schwierig. Es waren alles Typen aus den Porsche- und Aston Martin Owner's Clubs, die mit dem letzten Geld mehr Schein als Sein darstellten. Jungs, die für viel Geld und wenig Arbeit bereit waren, alles zu tun, was Gott den normalen Menschen verboten hatte. In einem einwöchigen Sales-Seminar absolvierten die Herren, zwanzig an der Zahl, zuerst einen Knigge-Kurs, in dem sie lernten, unfallfrei mit Messer und Gabel zu essen und sich in der Gesellschaft und bei Anlässen zu benehmen. Vertieft wurden zudem Themen wie »Small Talk« und »Wie bahne ich ein Verkaufsgespräch an?«.

Nach drei Tagen durften acht Kandidaten das Seminar frühzeitig verlassen, weil sie ihre ungehobelten Manieren und ihren Hang, der Beste, Größte und Wichtigste im Saal zu sein, nicht hatten beherrschen können. Zudem gehörten auch sie zu denen, die einen Put auf dem Golfplatz nicht von einem Put in der Finanzsprache unterscheiden konnten.

Viel Geld macht glücklich

Jeder AIG-Vertriebspartner wusste, bei welchen Produkten er die höchsten Provisionen bekam. Diese wurden dann auch eher vermittelt als jene, die für die Kunden effektiv optimal gewesen wären. Manchmal war es auch unumgänglich, den Kunden etwas unter Druck zu setzen.

Jeder Vertriebspartner bekam jeden Monat eine Liste mit hundert Adressen, die es zu bearbeiten galt, was bedeutete: anrufen, Termine abmachen, Produkte verkaufen. Über ein persönliches Log-in hatten die Vertriebspartner Zugang zum Saldo ihrer Provisionen und zu Listen mit den erfolgreich bearbeiteten Adressen. Diese Informationen veröffentlichte Gantenbein monatlich auf seiner Website. Es lockten zudem interessante Boni und Events, und bald herrschte unter den Vertriebspartnern ein interner Wettbewerb. Jeder wollte der Beste sein.

Ein interessantes Angebot

Dr. Gantenbein hatte ein interessantes Angebot entwickelt. Mit Hochglanzprospekten und einer perfekten Homepage organisierte er den Verkauf. Die Investoren durften sich ab einer viertel Millon Euro an den Projekten und Anlagevehikeln beteiligen. Es wurde eine Rendite von fünf Prozent versprochen, bei größeren Einlagen gab es sogar bis acht Prozent Rendite.

Eine Briefkastenfirma in Zug übernahm die Abwicklung der Marketingbemühungen und den Versand der Prospekte, jeweils einige Tage bevor die Vertriebspartner ihr Telefonmarketing durchführten. Das Firmenkonstrukt in Zug gehörte zu einer Offshoregesellschaft auf den Virgin Islands, die ebenfalls Dr. Gantenbein privat gehörte. So verzweigten sich auch einige Offshorefirmenkontakte in die Karibik.

Die Kunden, die angebissen hatten, durften ihr Geld auf ein Konto bei einer seriösen Schweizer Großbank einzahlen. Diese leitete die Summe gleichentags an das Privatkonto von Dr. Gantenbein bei der Shark Capital Ltd. weiter. Die Verwaltung und Vermehrung der Gelder übernahmen selbstverständlich Carlo und Bänz mit ihrer Firma b&f Consulting and Finance. b&f wiederum investierte in erstklassige amerikanische Hypofonds der Lehman Brothers, in verheißungsvolle Strukis und in Put-und-Call-Optionen in New York und Singapur.

Das Offshoreschachspiel

Die Bilder seiner angeblich so tollen Immobilienprojekte hatte Gantenbein aus dem Internet kopiert. Die meisten seiner Investoren interessierte das nicht, denn alle waren renditegeil. Gantenbein war aber noch schlauer: Er klebte an die Werbetafeln der großen im Bau befindlichen Investitionsobjekte ein Schild mit der Aufschrift »AIG Invest«, auch wenn in diesen Immobilienobjekten kein Euro von Gantenbein steckte. »AIG Invest« – niemand störte sich an diesen Werbetafeln, denn einmal montiert, interessierte es die Generalunternehmer nicht mehr, was da alles draufstand.

Wenn eine Investitionsgesellschaft ihren Kunden nur Zinsen auszahlt, aber nicht in echte Immobilien, Rohstoffe und Beteiligungen investiert, nähert sie sich langsam einem Schwarzen Loch. Die Dr.-Gantenbein-Investment-Group AIG war ein großer Betrug. Die Investoren hatten für Anteile bezahlt, ohne dass ihr Geld je in echte Projekte angelegt worden wäre. Das Geld war lediglich von einer Offshorefirma in die andere geflossen.

Der ausführende Broker war auch nicht Dr. Gantenbein, sondern Berger und Friedli organisierten die

»Schachzüge« und schoben das Geld hin und zurück, von einer Steueroase in die andere. So machte b&f das große Geschäft. Im Auftrag von Gantenbein kauften und verkauften sie Wertpapiere, wie es ihnen passte. Immer gab es saftige Retrozessionen und Provisionen.

Der Ferrarifahrer
und seine heimliche Affäre

Der Herr Dr. Gantenbein aus Berlin konnte sich einen Ferrari Fiorano, einen viertürigen Porsche Panamera und eine mit viel Chrom glänzende Harley sowie einen Mercedes mit 650 PS leisten. Die Grundfarbe seiner Fahrzeuge, seiner Pochetten und seiner handgefertigten Schuhe war immer das gleiche Bordeauxrot. Seine Armbanduhr der Marke Hublot im sechsstelligen Kostenbereich führte allen seinen Reichtum vor Augen, insbesondere den interessierten Damen. Das Armband der Uhr passte natürlich zu seinen bordeauxroten Fahrzeugen und Schuhen.

Aber Herr Dr. Gantenbein konnte sich noch mehr leisten. Nachdem er Günther Weiß, seinen Vertriebspartner aus Karlsbad, auf Akquisitionstour ins Ausland abkommandiert hatte, umwarb er dessen schöne Ehefrau, Julia Weiß.

Die schöne Julia Weiß

Sie war eine bildhübsche, extravertierte Tschechin mit hellbraunem, nach hinten gekämmtem kurzem Haar, stets stilvoll gekleidet und apart geschminkt, wenn auch mit etwas viel Rotgold um den Hals und die Arme. Ihre dunklen Augen funkelten wie glühende Weihnachtssterne, ihr aufreizender Mund war diskret geschminkt. Im engen Kleid riss sie jeden Mann, der noch etwas Libido in sich verspürte, vom Hocker. Bei vielen wäre es besser gewesen, sie wären angeschnallt gewesen. Wenn sie mit ihrem engen Kostüm und den roten High Heels in der Gesellschaft auftrat, zog die Mitdreißigerin alle Blicke auf sich.

Julias Innenseite war nicht so glänzend wie das Äußere. Sie war im Grunde genommen unsicher und oft auch leicht depressiv, dann aber fühlte sie sich auch wieder himmelhochjauchzend und wollte im Mittelpunkt stehen. Mit Dr. Gantenbein konnte sie ihre extravertierte Seite gut ausleben – ganz anders als mit ihrem Ehemann Günther, der sich vom einfachen Bauarbeiter zum Bauleiter emporgearbeitet hatte. Günther wusste, dass seine Frau sehr schön war und er sie aus Sicherheitsgründen an der kurzen Leine führen musste; da war in der High Society nicht viel zu machen. Der Narzisst Gantenbein hingegen bot ihr alles, um ihren und seinen Geltungs- und Profilierungsdrang auszuleben.

Dr. Gantenbein war Anfang der Vierziger und der Frauentyp schlechthin. Seine blauen Augen durchdrangen die Seele jeder Frau, die zuhause einen langweiligen Lebenspartner neben sich hatte. Der groß gewachsene Gantenbein war stets adrett gekleidet, teuer, stilvoll und natürlich farblich passend zu den Schuhen, den Pochetten und den Fahrzeugen. Seine leicht graumelierten dunklen Haare trug er mit einem geraden Seitenscheitel. Dies verlieh ihm ein humorvolles Aussehen.

Die falschen Fonds

Wer klug recherchiert hätte, hätte schnell feststellen können, dass die Zinsen, die Gantenbeins AIG den Kunden ausbezahlte, aus dem Geld stammten, das diese selbst einbezahlt hatten. Aber die Gier der Investoren war eben größer als ihr Verstand.

Eines Montagmorgens im Sommer 2009 existierte Dr. Gantenbeins Website plötzlich nicht mehr. Auf dem Bildschirm war nur noch eine schwarze Fläche zu sehen. Als die »technische Störung« nach einer Woche noch immer nicht behoben war, schlugen die Vertriebspartner und Investoren Alarm und meldeten sich bei der AIG in Zug – die sich bald als Briefkastenfirma entpuppte. Der alte Treuhänder wusste von nichts. Er hatte ja nur täglich den Briefkasten geleert, die Post wöchentlich nach Zürich geschickt und monatlich zwölf mal hundert Prospekte verschickt.

So verloren die Nachforscher schnell die Übersicht. Spätestens nach dem Aufspüren der ersten Briefkastenfirma in Panama wussten sie nicht mehr, wie weiter. Der Name Gantenbein führte ins Nichts. Das Chaos war total.

Was früher regelmäßig gekommen war, nämlich die steuerfreie gute Verzinsung, blieb nun plötzlich aus. Weil keiner der Anleger die Einnahmen versteuert hatte, traute sich niemand, rechtliche Schritte einzuleiten. Zwar versuchte ein Rechtsanwalt Klarheit zu schaffen, aber ohne Erfolg. Der strategisch verschachtelte Fluchtweg des Geldes über mehrere Offshorefirmen war für die naiven Geldanleger und Rechtsanwälte nicht mehr nachvollziehbar. Sobald das blütenweiß und porentief reingewaschene Geld in die Schweiz zurückfloss, und zwar zur Shark Capital, wurde es als Vermögen versteuert und neu in den legalen Anlagekreislauf eingespeist. Dank geschickter Anlagestrategien durch b&f war es nun offiziell Privateigentum von Dr. Gantenbein und dessen Freunden.

Einfach verdampft

In den Jahren 2008 und 2009 hatte die Firma b&f mit ihren hochriskanten Anlagen in Optionen, Puts und Calls die Hälfte des ergaunerten Vermögens verspielt. Innert kürzester Zeit waren viele Millionen einfach verdampft. So hatte bald auch Gantenbein seine Anleger nicht mehr mit der edlen Verzinsung bedienen können.

Carlo und Bänz wussten nicht, was tun – schlicht und einfach deshalb, weil sie von den komplizierten Finanzkonstrukten nicht das Geringste verstanden. Erwin Voegeli hatte ihnen ja die Anlagestrategien empfohlen, und Berger und Friedli hatten alles, was ihnen ihr Kontaktmann von der Shark Capital Ltd. empfohlen hatte, auch umgesetzt.

Wie sich später herausstellte, hatte Voegeli die heißen Tipps jeweils am Vorabend beim Feierabendbier von seinen Berufskollegen von der Konkurrenz bekommen – nach dem Motto: Das musst du auch haben.

Lustige Zeiten auf den Bermudas

Nachdem die Fonds geplatzt waren, setzten sich Gantenbein und seine Freunde eine Weile auf die Bermudas ab und genossen dort ein wunderschönes Leben. Sie liebten das Casino und die hübschen Mädels in allen Hautfarben und ließen sich gerne von diesen verwöhnen.

Ein Jahr später, als die größte Panik bei den Investoren vorbei war, kam Gantenbein zurück. In Lugano im Kanton Tessin musste er sich unter seinem richtigen Namen, Bastian Schmidt, registrieren lassen. Kaum da, zeigte er sich wieder im Umfeld der Reichen und Schönen von Lugano bis Milano. Mit Freunden aus Milano kaufte er eine bestehende Vermögensverwaltung, die sich um ganz sicher versteuertes italienisches Kapital kümmerte; das war inzwischen (fast) heilige Pflicht in der Schweiz.

Ein unlustiges Ende

Doch dann, an einem wunderschönen Sonntagmorgen, endete Dr. Gantenbeins Leben auf unschöne Weise. Nebelschwaden schwebten über der Baustelle in Berlin, wo er von einem Jogger gefunden wurde. »Hier investiert die AIG« stand am nahen Baustellenschild.

Gantenbein hing, an den Füßen gefesselt, mit dem Kopf nach unten und aufgeschlitzter Schlagader am rechten Arm wie ein geschächtetes Tier an einem Kranhaken. Sein Gesicht war mit Blut verschmiert und übel zugerichtet. Am Boden, einige Handbreit unter dem Kopf, glänzte in der aufgehenden Sonne eine große Blutlache, deren Farbe zu seinem Ferrari Fiorano passte. Die Morgenruhe wurde durchbrochen von aufgebracht zwitschernden Vögeln, die den laufenden Motor des Ferraris nicht übertönen konnten. Beide Vordertüren des Autos standen weit offen. Offensichtlich hatte Günther Weiß seinen Chef in einen Hinterhalt gelockt, um ihn dann qualvoll abzuschlachten.

Es war auf dem Areal geschehen, auf dem laut Gantenbeins Werbeprospekt eine große Wohnresidenz hätte entstehen sollen. »Bezugsbereit: Herbst 2009« stand auf dem Prospekt. Außer einem verrosteten Kleinkran war die Baustelle jedoch leer.

Günther Weiß hatte Gantenbein in Lugano aufgespürt, ihn nach Berlin auf die Baustelle gelockt, an den Füßen aufgehängt und langsam ausbluten lassen. Genauso, wie dieser seine vermeintlichen Investoren hatte ausbluten lassen. Nicht schnell, sondern schön langsam, das war an der Armbinde und dem Spannhebel auszumachen.

Zwei Bäume weiter hing Günther Weiß – mit blutverschmierten Händen, aufgerissenen Augen, weit hinausgestreckter Zunge und gebrochenem Genick. Den Strick hatte er sich selber umgelegt. In seiner Westentasche fand die Polizei einen Brief.

Der Abschiedsbrief

»Gantenbein hat meine Familie und viele Investoren betrogen. Alles Geld, das ich hatte, einen hohen Kredit sowie eine Hypothek auf unser Haus habe ich verloren – wie meine Kunden auch. Ich besitze keine tausend Euro mehr. Mein Leben macht keinen Sinn mehr.

Gantenbein hat mir auch meine Frau genommen, ohne dass ich es wusste. Erst als er sie fallen ließ wie eine faule Tomate, hat sie mir die Liebesbeziehungen mit Gantenbein gebeichtet und auch, dass sie im vierten Monat schwanger war von ihm.

Die letzte SMS von Gantenbein hat sie nicht verkraften können. *Ich empfinde nichts mehr für dich,* hatte er geschrieben. *Lass mich bitte in Ruhe und rufe mich nicht mehr an.* Daraufhin fiel Julia in eine Depression.

Vor einem Jahr habe ich meine Frau mit aufgeschnittener Schlagader in der Badewanne tot aufgefunden. Alle Hilfe kam zu spät. Im Badezimmer fand man auch leere Schachteln Schmerz- und Schlaftabletten. Das gleiche Schicksal und wie es ist, wenn man langsam stirbt, soll jetzt auch Gantenbein erleben dürfen. Es tut mir leid.«

Günther Weiß war nur einer von vielen internationalen Akquisiteuren gewesen, der Kunden für die Beteiligung an Gantenbeins »alternativen Anlagen« gesucht hatte. Europaweit gab es ein Dutzend Verkäufer und einige hundert Investoren mit dem gleichen Schicksal. Sie alle waren nun abgewrackt und abgezockt bis auf die Grundmauern.

Auge um Auge, Zahn um Zahn

Bald begannen Gantenbeins Freunde eine Hetzjagd auf Carlo Berger und Bänz Friedli. Sie drohten, dass Strafaktionen jederzeit eintreffen könnten, bald könne irgendwo ein Unfall passieren.

Auch sonst ging es bei b&f immer schlechter. Als 2008 aufgrund der Immobilienkrise in den USA börsen- und bankenmäßig alles zusammenkrachte, verloren die Kunden von b&f einen Großteil ihres Vermögens. Nur Olivia, die langbeinige blonde Chefsekretärin, verlor ihr Geld auf dem Sparheft nicht und bekam erst noch mehrmals im Jahr Gehaltsanpassungen. Sie nannte es aber immer Schmerzensgeld.

Verhängnisvolle Verbindungen

Inzwischen hatte auch Bänz Friedli kalte Füße bekommen. Er saß ja schließlich im gleichen Boot wie Carlo. Nur die Ehre, von den dunklen Männern aus Belgrad besucht und »beschenkt« zu werden, hatte er noch nicht bekommen.

Die Nachricht von Dr. Gantenbeins Tod sickerte schnell zu b&f durch und gab viel zu denken. Wie sehr er wohl hatte leiden müssen? Warum hatte Günther Weiß ihn umgebracht? Wer würde der Nächste sein? Vielleicht Carlo und Bänz …? Die Vorstellung, verfolgt zu werden und an einem Unfall zu sterben oder zu Kleinholz geschlagen zu werden, zog den beiden die Kraft aus den Beinen und drückte ihnen das Blut in den Kopf.

Eiligst trafen sich Carlo und Bänz am nächsten Morgen zu einer Krisensitzung. Beide fürchteten um ihr Leben, denn inzwischen kamen auch Drohungen von den Einsteins und Strawinskys und vor allem den Freunden von Gantenbein, die um ihr Vermögen bangten.

Was aber nun zum Vorschein kam, war für Carlo ein herber Schlag. Er war tief erschüttert, als er feststellen musste, dass sein Freund Bänz ihn auch noch hintergangen hatte. Von dem vielen Geld, das auch Bänz in der Vergangenheit verdient hatte, hatte er seinen beiden Kindern an der Bärengasse eine kleine Galerie gekauft. »Friedli's Art Transfer« hieß das schicke Lokal.

Die Tochter Evelyne hatte die Kunsthochschule besucht, aber nicht abgeschlossen, und Sohn Gaston hatte ebenfalls Kunst studiert, bis ihm weißes Pulver in die Quere beziehungsweise in die Nase gekommen war. Gaston nützte seine internationalen Kontakte und Netzwerke für den Kunsthandel. Die Szene, die weißes Pulver und Spritzen beschaffte, war vernetzt mit der Kunstszene, der Jungmannschaft der Grünkohls und den Strawinskys. Schlimmer aber war die heimliche Vernetzung der Geldwäsche über die Firma b&f. Es wurden da tüchtig Gesetze, Zollgebühren und Mehrwertsteuern umgangen. Die beiden Firmen waren also durch Kundenbeziehungen vernetzt, ohne dass Carlo etwas davon bemerkt hätte – oder merken wollte.

Nun aber flog alles auf. Vor allem auch die Hehlerei mit Kunstwerken aus der Kriegszeit, die über Berlin, den Ho-Chi-Minh-Pfad in der Ostschweiz und die Schiffsfähre gebührenfrei in die Schweiz eingeschmuggelt worden waren, drohte zu platzen.

Kaum war die Galerie eröffnet worden, hatten sich zwei Typen bei Evelyne gemeldet, die in Größe, Gestalt und Kaliber Wladimir Klitschko und Mike

Tyson in nichts nachstanden. Ihr Auftrag sei es, die Galerie zu beschützen. Sie würden in Zürich nur die Kreise 1 bis 4 betreuen und konnten es deshalb sehr genau nehmen, hieß es. Es war eine Gang, die sofort sagte, was ihre Dienste kosteten. Der Beitrag war nicht freiwillig, aber korrekt auf die Anzahl Quadratmeter der Galerie ausgerechnet. Es war keine existenzbedrohende Forderung. Nur um ein paar hundert Franken ging es, die waren dafür zweimal im Monat zu bezahlen.

Kurz und gut: Die Situation von Carlo und Bänz war hoffnungslos. An der Strategiesitzung saßen die beiden in ihrem Besprechungszimmer wie begossene Pudel. Sie kratzten sich die Kopfhaut wund und sprachen kein Wort zusammen. Auf ihren Schreibblocks zeichneten sie Figürchen, als müssten sie den Übertritt vom kleinen in den großen Kindergarten üben.

Nach dem zehnten Espresso ergriff Bänz mutig das Wort.

»An allem bist du schuld, Carlo. Du hast die Idee gehabt, ein Büro zu eröffnen. Du hast die meisten Kunden gebracht, vor allem den Taliveski. Der soll dir doch alle Knochen brechen. Ich muss jetzt deinen Mist ausbaden. Wäre ich nur nie auf dich hereingefallen, du Trottel.«

Carlo explodierte und sprang auf. »Was bist du für ein dreckiges Schwein! Wie viel Geld hast du verdient bis heute? Du warst ja immer zu blöde, gute

Geschäfte zu machen. Alles Geld hast du mir zu verdanken, du Arschloch. Was hast du uns eingebrockt? Die ganze Russenmafia, die Grünkohls und die Strawinskys. Deine Friedli's Art Transfer wird erpresst, und wenn die auffliegt, explodiert bei uns die ganze Bude!«

»Lass uns mal sachlich zusammen reden«, wendete der inzwischen ruhigere Bänz ein. »In Tat und Wahrheit haben wir beide das gleiche Problem. Wie kommen wir aus dieser Scheiße wieder lebendig heraus, bevor unser Geschäft in Schutt und Asche gelegt wird?«

»Wir müssen von der Bildfläche verschwinden«, sagte Carlo schließlich, »und zwar bevor Taliveski oder allenfalls die russische Kunstmafia aus uns Kleinholz machen.«

Bänz Friedli war einverstanden. Was blieb ihnen auch anderes übrig? Und so beschloss man kurzerhand, die Firma b&f so schnell wie möglich zu verkaufen, per Saldo aller Ansprüche und mit der Übernahme von Rechten und Pflichten.

Verkaufen und verschwinden

Interessanterweise war die Nachfrage nach dem Büro b&f äußerst groß. Ein ganzes Heer von geschassten Bankmanagern sah seine künftige Erfüllung in der Selbständigkeit und wollte unbedingt kaufen.

Man wurde sich bald mit dem Bankkaufmann Herrn Geeser einig. Der wollte sein neues Unternehmen mit einem Liborkredit und einer Erbschaft finanzieren und sofort einsteigen. Er unterschrieb den Übernahmevertrag fast ungelesen, kaufte mit einem kleinen Rabatt und bezahlte innert zwanzig Tagen. Die Übernahme der tollen Kundschaft kostete ihn immer noch einige Millionen Schweizer Franken.

Für Bänz und Carlo war es höchste Zeit geworden, den Deal abzuwickeln, denn die serbischen Steuerfahnder waren wieder aktiv geworden, seit sie vom Tod von Drago Taliveski erfahren hatten. Die Kunden, alle gesegnet mit amerikanischen Immobilienfonds und Lehman-Brothers-Papieren, empfohlen von der Shark Capital Ltd., waren wütend und drohten Carlo und Bänz mit Vergeltung, wenn sie sich am Schaden nicht beteiligen würden. Natürlich verkauften Carlo und Bänz das Geschäft und machten sich aus dem Staub, ohne ihre Kunden darüber zu informieren.

Bevor sie aber den Verkauf von b&f abgewickelt hatten, hatten sie noch einmal große Kasse gemacht. Durch eine Umschichtung der Wertpapiere auf allen Konten, von denen sie eine Vollmacht hatten, kam aus Retrozessionen ein Trinkgeld von einigen Millionen zusammen. Dazu rechneten sie per Quartalsende auf allen Schwarzgeldkonten die Verwaltungsfees, Kommissionen, Courtagen und sonstigen Gebühren ab. All das brachte den beiden nochmals einen hohen einstelligen Millionenbetrag ein.

Aus Sicherheitsgründen verlegten beide ihren Wohnsitz in einen fremdsprachigen Kanton weit weg von Zürich. Sie meldeten sich im Einwohneramt ab, »Neuer Wohnort unbekannt«. Carlo kaufte sich eine Fischfarm im Calancatal im Tessin, Bänz verzog sich nach Saas Fee im Kanton Wallis.

Ein schlechtes Gefühl aber blieb. Immer wieder sahen sie in Gedanken die zwei dunkel gekleideten Knochenbrecher vor sich. Das trieb vor allem Carlo in den Alkohol und in die Spielsucht. Um sich etwas abzulenken, unternahm er Kreuzfahrten, aber nur mit Schiffen, die mit den schönsten Casinos ausgestattet waren. Landausflüge waren ihm zu mühsam.

Das Ende der Kunstgalerie

Als die Geldquellen von Papa Bänz Friedli versiegten und die Schutzgelder nicht mehr bezahlt werden konnten, wurde Gaston aus lauter Kummer ganz schwer drogensüchtig und war in der Galerie nicht mehr einsetzbar. Im hinteren Teil, im Warenlager, hatte er sich eine kleine Ecke eingerichtet, wo er ungestört ins Nirwana fliegen konnte.

Ein kurzer Schmerz in der Armbeuge, wenn seine Nadel in die Ader eindrang, dann durchströmte eine wohlige Wärme Gastons Körper, und er fühlte sich, als würde er im freien Raum schweben. Seine Glieder wurden schwer, aber nicht müde. Aus der Dunkelheit kam helles Licht auf ihn zu, es schien ihm, als würde er aus einem Tunnel in eine herrlich warme Atmosphäre fliegen, ins Paradies, in die unendliche Freiheit, in eine kreative Freiheit.

Evelyne kam mit der Galerie schnell in finanzielle Bedrängnis. Sie konnte weder ihre Lieferanten noch das Schutzgeld noch die Miete bezahlen. Das wahre Unglück aber kam am Wochenende. Es war an einem Sonntagmorgen um halb fünf Uhr. Die Alarmsirene bei »Friedli's Art Transfer« war ausgeschaltet. Als die Polizei und die Feuerwehr eintrafen, stand die Galerie bereits in Vollbrand. Dass keine verkohlten Bilder herumlagen, bemerkte niemand. War das Unglück vielleicht ein Glück?

Kurz darauf verschwand Evelyne Friedli von der Bildfläche, ganz nach dem Vorbild ihres Vaters Bänz.

Neuer Wohnort, alte Liebe

Carlo Berger hatte in Zürich alle Kontakte abgebrochen, und niemand wusste, wo er sich niedergelassen hatte. Das heißt: fast niemand. Nur die treue Olivia besuchte ihren ehemaligen Chef etwa alle drei Monate zum Fischessen im Tessiner Calancatal. Es ging dabei um Streicheleinheiten und um Geld, um Schweigegeld, denn Olivia kannte ja alle Kunden und deren Geschichten sowie den neuen Wohnort von Carlo.

Bei ihren Besuchen im Tessin beantragte Olivia immer sehr diplomatisch ein Darlehen für das neue Nailstudio, das sie kaufen wollte. Die »Darlehen« würde sie ganz sicher einmal zurückzahlen, das versprach sie hoch und heilig. Sie wolle nicht mehr bei b&f unter dem neuen Eigentümer Geeser arbeiten, denn sie müsse immer die Telefonate von wütenden Kunden entgegennehmen, erzählte sie. Verschiedene Drohungen seien eingegangen, und immer werde nach Berger und Friedli gefragt. Sie schweige natürlich, wisse von nichts. Das war Carlo jeweils einige Tausender wert.

So kam es schließlich, wie es kommen musste: Mit

fünfundsechzig Jahren heiratete Berger doch noch die zwanzig Jahre jüngere Olivia. Sie wollte ja nur eins von ihm: seine Liebe und sein Geld.

Pech im Spiel, Glück in der Liebe

Die Hochzeitsreise verbrachten die beiden auf einer Kreuzfahrt mit dem edelsten Schiff Europas, der Queen Mary II. Die Princess Suite, in der sie wohnten, war etwas vom Schönsten, was ein Schiff zu bieten hatte. Die siebenundvierzig Quadratmeter große Suite war in Hellblau gehalten, verfügte über ein Kingsize-Bett, einen begehbaren Kleiderschrank sowie einen Wohnbereich mit Sessel, Sofa und Sofatisch. Außerdem war die Suite ausgestattet mit einem Schreibtisch, einem Ankleidebereich, einem Barbereich, einem Marmorbad mit Badewanne, Whirlpool-Vorrichtung und integrierter Dusche sowie einem großen Balkon mit bequemen Holzliegestühlen und einem Tisch.

Ja, Carlo wollte sich seine Hochzeitsreise im hohen Alter etwas kosten lassen. Bloß, konnte er sie auch genießen …? Im Laufe der Zeit hatte er sich sehr verändert. Er lebte in ständiger Angst, von Taliveskis Leuten verfolgt zu werden. Das Konto dieses Gangsters hatte sich ja über Nacht zur Hälfte in Luft aufgelöst. Da wäre doch dieser Geldwäscher zu allem fähig gewesen. Selbst auf dem Kreuzfahrtschiff erschrak Carlo, sobald ein orientalisches Wodkagesicht mit Sonnenbrille an ihm vorbeiging. Er fühlte sich auf Schritt und Tritt verfolgt.

Am zweiten Tag nach der Einschiffung kehrte Carlo nach dem Captain's Dinner nicht mehr in seine Princess Suite zurück. Seine Olivia hatte er aus dem Blickfeld verloren, vermutlich irrte sie durch die Bordboutiquen oder kuschelte sich schon in ihrem großen Doppelbett ein. Im weißen Dinnerjackett, wie es sich für reiche Leute gehörte, war Carlo im feudalen Grand Casino seit Mitternacht aktiv am Wirken. Am Spieltisch hatte er kein Glück, das hing vielleicht mit seiner Farbenblindheit zusammen. Das Blackjack-Budget von 5000 Franken war ebenfalls aufgebraucht.

Seine Spezialität waren aber die Spielautomaten, die dröhnten und pfiffen und ihm immer das Gefühl gaben, gewonnen zu haben. Im großen Raum mit hunderten von Slot-Maschinen ging es zu und her wie in einem Bahnhof. Alle Automaten waren besetzt, meistens von Frauen zwischen sechzig und achtzig. Ihr Markenzeichen: im rechten Mundwinkel eine Zigarette, in der linken Hand ein Getränk. Alle waren schick angezogen, und Geld schien keine Rolle zu spielen. Pfeifen, Applaus, Gejohle ertönte in regelmäßigen Abständen aus irgendeiner Ecke. Das deutete auf einen großen Gewinn hin. Bei näherem Zuhören kam aber das Gejohle aus der Lautsprecheranlage, nur jeweils abwechselnd aus einer anderen Ecke des großen Raumes.

Nachdem Carlo alles ein bisschen ausprobiert hatte, schlenderte er mit guten Vorsätzen in Richtung seiner Princess Suite. Morgens um zwei Uhr schlich er hinein. Er begab sich in den Restroom, putzte die Zähne, warf eine blaue Pille ein und spülte diese mit dem Zahnpastawasser hinunter. Leise öffnete er eine Piccoloflasche Champagner. Mit zwei Gläsern sprudelndem Glückssaft schlich er zum großen Bett und machte Licht, um Olivia mit einem Küsschen aufzuwecken.

Doch Olivia war nicht da. Es sah auch nicht so aus, als wäre sie nach dem Galadinner nochmals im Zimmer gewesen. Jetzt wurde Carlo nachdenklich, sehr nachdenklich …

Amüsement im Tanzsaal

Was er nicht wusste, war, dass sich seine Olivia im Tanzsaal amüsierte, und zwar in bester Gesellschaft. Gut gelaunt ließ sie sich von einem jüngeren Tänzer über die Tanzfläche schieben. Auch andere Männer im Pensionsalter mit schütterem Haar und weißem Dinnerjackett fanden Gefallen an der feschen Frau.

Auf die Idee, dass sich Olivia ohne ihn beim Tanzen vergnügen könnte, kam Carlo gar nicht. In Gedanken versunken schlenderte er am Tanzsaal vorbei und begab sich wieder in Richtung Grand Casino. Die tolle Musik und der Gesang von Max Raabe mit seinem Palastorchester ließen ihn dann doch eine Weile am Eingang zum Tanzsaal verweilen. Von hier aus konnte er die Tanzfläche gut überblicken.

Nun nahm er die Brille ab und rieb sich die Augen. Er setzte die Brille wieder auf und wiederholte diese Prozedur zweimal. Dann näherte er sich den tanzenden Senioren. War es Wirklichkeit, was er sah? Olivia knutschte auf der Tanzfläche mit einem gut aussehenden jüngeren Mann herum. So hatte sie mit Carlo weder vor oder nach der Hochzeit noch sonst je geknutscht.

Carlo schaute einige Minuten zu und marschierte alsdann traurig und wütend wieder in sein geliebtes Casino.

Wie habe ich das nur verdient?, haderte er mit seinem Schicksal. Zuerst all die Probleme im Geschäft, und jetzt auch das noch.

Er war so enttäuscht und wütend, dass er den Kerl, der an seinem Glück herumbaggerte, am liebsten niedergestochen hätte. Er kam sich vor wie der größte Verlierer auf Erden. Allerdings war seine Leidenschaft, ins Casino zu gehen, ebenso groß oder noch größer, als mit seiner Frischvermählten zu tanzen. Und so schlenderte er wieder zu seinen ach so geliebten Slot-Maschinen.

Unglück im Spiel, Pech in der Liebe

Nachdem ihm eine gering bekleidete Kellnerin einen Tullamore Single Malt Whisky »25 years old« gebracht hatte, steckte Carlo seine goldene Kreditkarte in den Schlitz der Slot-Maschine, gab den Geheimcode ein und machte mit einem Druck auf die OK-Taste 1000 Dollar flüssig. Er übersah allerdings eine Null, es waren eigentlich 10.000 Dollar. Der zweite Tullamore kam, und bei Carlo begann beim Anblick der adretten Kellnerin die blaue Pille zu wirken. Gespannt wie ein Gummiband fing er zu zocken an.

Auf dem Bildschirm erschienen Bilder von Gurken, Tomaten und sonstigem Gemüse. Nachdem Carlo dreimal den grünen Knopf gedrückt hatte, leuchteten auf dem Display vier schöne rote Tomaten auf. Das war fast ein Jackpot! Es bimmelte und jubelte aus der Maschine, Carlo konnte es fast nicht glauben. Auf dem Display erschien ein Guthaben von 11.500 Dollar. Nach so viel Glück nahm er noch einen Tullamore und dann noch einen und noch einen. Er konnte es nicht fassen, dass er nach wenigen Minuten schon 10.000 Dollar gewonnen hatte.

»Gute Maschine«, murmelte er und streichelte sie.

Schnell wechselte Carlo nun in den 100-Dollar-Modus, um noch mehr zu verdienen. Bild um Bild hüpfte vor seinen Augen vorbei, zwar nicht mehr so klar, aber sie drehten noch alle in die gleiche Richtung, einige schneller und andere langsamer. Sein Saldo am Bildschirm betrug wieder null. Also noch einmal die OK-Taste drücken, 1000 Dollar laden und gewinnen, vielleicht waren es aber wieder 10.000, und vielleicht würde der Gewinn am Ende auch gar nicht so hoch sein ...

Das Schiff fuhr schon dem Sonnenaufgang entgegen, als plötzlich neben dem Kreditkartenschlitz ein rotes Lämpchen aufleuchtete.

»Ihr Bezugslimit für diesen Monat ist erreicht«, stand auf dem Display.

Ungläubig schaute Carlo am Automaten empor und klopfte abwechselnd auf die rote Lampe und die Tomaten. Dann glitt er langsam an der polierten Automatenwand hinunter und schlief sofort auf dem mit dicken Teppichen gepolsterten Boden ein.

Es ging nicht lange, da kamen zwei Herren vom Ordnungsdienst. Sie setzten Carlo in einen Rollstuhl, beförderten ihn unsanft aus dem Casino und stellten ihn auf das Deck an die frische Luft.

Als Carlo wieder zu sich kam, plagten ihn starke Kopfschmerzen und tiefe Depressionen. Müden Schrittes schleppte er sich an die Reling des Sonnendecks. Er schaute der Auferstehung der Sonne zu, die von unten ins Meer geschlichen kam. Die

Gischt auf den Wellen des Meeres versprühte einen eigenartigen Fischgeruch, und seine Gedanken sausten im Kopf herum, als stünde er weit oben über einer Formel-1-Rennbahn.

Seine innere Stimme sagte immer wieder zu ihm: »Carlo, da unten ist dein Zuhause, da ist es ruhig, da brauchst du dich nicht mehr zu fürchten. Sei mutig und komm hinunter in die schöne Welt des Meeres, spring jetzt, spring, du wirst es nicht bereuen.«

Carlo dachte an Meerjungfrauen, er dachte an die zwei Sonnenbrillen von Zoran und Tarek, und er dachte an Mirko Tadic alias Taliveski. Er war unentschlossen.

Olivia, die Erlöserin

Inzwischen hatte sich Olivia von ihrem brünstigen Tanzpartner getrennt. Leicht beschwipst spazierte sie in Richtung ihrer Princess Suite. Ganz leise, um Carlo nicht aufzuwecken, schlich sie in den Vorraum. Im Restroom schminkte sie sich ab, schlüpfte in ihr knappes Negligé und begab sich dann in Richtung Doppelbett.

Aber Carlo fehlte. Das Bett war nicht angerührt.

Wo ist denn mein Carlo?, dachte sie. Schnell streifte sie ihren flauschigen lachsfarbenen Bademantel über und machte sich auf die Suche nach ihrem Geldgeber und Geliebten.

Weder im Casino noch in der 24-Stunden-Bar war Carlo zu erspähen. Olivia suchte nun eiligen Schrittes das Deck ab, bis sie von Weitem die Silhouette eines Mannes sah und ihren Carlo erkannte.

Er stand auf einem Stuhl direkt an der Reling und starrte auf das Meer hinaus. Als sich Olivia leise von hinten näherte, sah sie, dass auf dem Boden neben dem Stuhl Carlos Brieftasche, seine Brille und sein Ehering lagen. An Letzterem blieb ihr Blick hängen, während sie langsam von hinten immer näher trat.

War es Reflex, Wut oder Berechnung? Sie fasste nach Carlos Beinen und drückte diese in Richtung Reling. In dem Moment drehte er sich um und schaute in ihre dunklen Augen. In seinem verwirrten Blick spiegelten sich die aufgehende Sonne sowie Angst und Schrecken. Aber es war zu spät. Carlo verlor das Gleichgewicht und stürzte kopfüber über die Reling.

Weit entfernt hörte Olivia einen dumpfen Aufprall, und als sie sich über die Reling beugte, sah sie eben noch, wie ihr Gemahl im dunkelgrünen Meer verschwand. Unten im Wasser bewegte sich ein regloser Körper entlang der Schiffswand, bis er von der großen Schiffsschraube in die Tiefe gezogen wurde. Dann hörte sie nur noch das leise Rauschen des Fahrtwindes, der kühl bis unter ihr Negligé hauchte.

Als wäre nichts geschehen, spazierte Olivia wieder zu ihrer Suite. Ihr Herz schlug schnell und laut wie die Glocken in einem Trauergottesdienst. Dann versuchte sie zu schlafen. Es gelang ihr nicht, denn ihre Gedanken kreisten zwischen Gut und Böse.

Bin ich nun eine Mörderin? Nein, das bin ich nicht, überlegte sie, ich war ja nur die Willensvollstreckerin. Ich habe Carlo lediglich geholfen, für einmal eine Entscheidung ohne Wenn und Aber von A bis Z durchzuführen. Ich habe ihn von seinen Ängsten erlöst, eines Tages von Drago Taliveski erwischt und zu Kleinholz verarbeitet zu werden.

Ja, Olivia fühlte sich als Erlöserin. Sie hatte ein gutes Werk vollbracht. Sie war unschuldig.

Am nächsten Morgen brachte man ihr Carlos goldene Kreditkarte, die noch im Schlitz des bösen Automaten gesteckt hatte. Dass diese Karte in der letzten Nacht seines Lebens um 50.000 Dollar erleichtert worden war, wusste Olivia noch nicht. Der Monatssaldo war abgebucht, die Karte war in dem Moment nichts mehr wert, sie saß auf dem Kreuzfahrtschiff finanziell auf dem Trockenen.

Erst nach dem Frühstück erkundigte sie sich beim Sicherheitspersonal nach dem Verbleib ihres Mannes. Sofort wurde eine Suchaktion eingeleitet und das ganze Schiff diskret abgesucht.

Auf dem hintersten Deck entdeckte man die letzten Spuren von Carlo. Am Boden lagen seine Brieftasche, seine Brille und sein Ehering. Feierlich überreichte der Bordpfarrer zusammen mit dem ersten Offizier diese Utensilien der schluchzenden Witwe. Weinend nahm Olivia auch seine tröstenden Worte entgegen. Gemeinsam besichtigten sie die Stelle, an der Carlo über Bord gegangen war, und Olivia durfte eine Rose ins Meer werfen.

Fünf Decks tiefer flatterte ein halbes Dinnerjackett im Fahrtwind. Es hatte sich zwischen Eisenstäben an der Bordwand verklemmt und winkte aufs Meer hinaus, als wollte es sagen: »Viel Glück auf deiner Reise, Carlo, du brauchst jetzt keine Angst mehr zu haben, genieße deine Ruhe.«

Eine Spende für den Himmel

Der Pfarrer murmelte einige Worte, segnete das Wasser, die Witwe und das Schiff. Dann begleitete er die arme Olivia zu ihrer Princess Suite und verabschiedete sich mit den Worten: »Sie müssen jetzt stark sein. Das Leben geht weiter. Schauen Sie in die Zukunft, Sie werden sicher ein neues Glück auf Erden finden. Gehen Sie hin in Frieden, Gott wird Sie auf dem Weg ins Glück begleiten.«

Olivia drückte dem Pfarrer eine fette Spende – ihr restliches Bargeld – in die Hand, was dieser mit einem Lächeln und gen Himmel gerichteten Augen quittierte. Sie dachte: Die Liebe geht, nun kommt das Geld. Leider verblieben ihr nur drei Millionen Schweizer Franken und eine fünfstellige Witwenrente. Zum Ausgleich entfielen die Beerdigungskosten, mit Ausnahme der Spende für den Herrn Pfarrer.

Die nächsten Nächte verbrachte Olivia nicht mehr in ihrer Princess Suite. Sie hätte immer an Carlos denken müssen, und der war ja nicht mehr da. Der jüngere Herr aus dem Tanzsaal widmete sich von da an Tag und Nacht der armen Witwe. Dass der

Herrgott im Himmel ihr so schnell ein neues Glück schenkte, konnte Olivia kaum glauben. Von da an betete sie jede Nacht still vor dem Einschlafen: Lieber Herrgott, du hast mein Glück gefunden, ich danke dir dafür. Amen.

Zwei Jahre später ...

Evelyne von »Friedli's Art Transfer« blieb für ihre Bekannten verschollen. Sie lebte fortan als Einzelgängerin bei ihrem Vater, während Gaston wegen Hehlerei und Brandstiftung in seiner eigenen Galerie im Gefängnis landete. Bänz Friedli, Evelynes Vater, wohnte nun in Saas Fee in einer Alphütte, malte abstrakte Kunst und schrieb zusammen mit Evelyne ein Buch mit dem Titel: *Die schlimmsten Bankräuber sind seine Angestellten.*

Herr Geeser, der Käufer der b&f Consulting and Finance AG, musste Konkurs anmelden. Nachdem in der Schweiz das Bankkundengeheimnis aufgelöst worden war, hatten seine Kunden ihr Geld abgezogen. Mit den lukrativen Spielchen seiner Vorgänger war es aus und vorbei.

Olivia hatte eine Nailstudiokette mit Botox-Praxen gekauft. Ihren nächtlichen Beistand vom Kreuzfahrtschiff hatte sie zum Manager und Geschäftsführer ihrer Studios ernannt. Ihr Schönheitssalon hieß

»Carlo's Primero« – im Gedenken an ihren geliebten Gemahl, der so früh von ihr gegangen war.